LA STAGIONE

Gli innocenti

della stessa serie:

Roberto Camurri, *A misura d'uomo*

Alessio Forgione, *Napoli mon amour*

Serena Patrignanelli, *La fine dell'estate*

Andrea Donaera, *Io sono la bestia*

Pier Lorenzo Pisano, *Il buio non fa paura*

per scoprire tutti i nostri libri, inquadra il QR code

Claudia Bruno

SOLA ANDATA

a Roberta,
buone letture
per tutti i nostri
punti di non ritorno.
Claudia

NNE

www.nneditore.it

A mia sorella, chiunque sia.

Ti toglierò il sorriso dalla faccia. Tutto deve bruciare,
e brucerà. Sboccerà l'apocalisse.
Jenny Holzer, *Inflammatory Essays*

Bisogna giungere a toccare l'impossibilità per uscire dal sogno.
In sogno non ci sono impossibilità. Soltanto impotenze.
Simone Weil, *L'ombra e la grazia*

MIRAGGIO

La radio trasmetteva ininterrottamente pubblicità di minestroni surgelati e rivenditori di pneumatici – «mangialo tutto», «provalo subito», invitava una voce sempre diversa. Mi ero voltata a fissarla come se fosse bastato per farla smettere. Senza volerlo avevo smesso di ascoltarla, ero tornata col pensiero al fermo immagine dei nostri primi pomeriggi al mare – Cristian che nuotava contro le onde nella distesa increspata e abbagliante, io che lo aspettavo sdraiata sotto al sole ipnotico di ottobre, con lo sguardo mi tenevo aggrappata al suo corpo sempre più lontano, i capelli spettinati dal vento, poi non lo vedevo più. La luce era sempre troppa in quei pomeriggi e a un certo punto dovevo chiudere gli occhi, mi lasciavo cadere dentro un intervallo più scuro, un corridoio di scintille brillanti che mi sbocciavano sotto le ciglia. Pensavo a Cristian, alla sua fissa di trattenere il respiro sott'acqua e scendere di qualche metro, alla paura che mi impediva di seguirlo in quello che spesso mi aveva descritto come uno stato mentale. Nel dormiveglia potevo arrivare a credere che fosse morto, che non sarebbe tornato, se aprivo gli occhi la spiaggia era una landa sconfinata e deserta, al mondo ero rimasta solo io. Cristian riappariva sempre all'improvviso, il suo corpo diventava più lucido a mano a mano che si avvicinava. Mentre mi veniva incontro con la muta striata di sale, i capelli bagnati, per me era un essere a metà tra un uomo e un pesce, una creatura arrivata da un mondo di sotto che mi veniva a cercare.

Cristian è tornato in cucina, si è seduto di nuovo e ha posato il telefono sul tavolo.

«Ci sei?». Mi ha tirato via le dita dalla bocca. «Dovresti smetterla con le pellicine». L'ho guardato prendermi le mani come faceva quando non trovava le parole per un discorso importante. Era ancora il ragazzo diverso che in passato mi aveva provocato un misto di attrazione e spaesamento, ma il suo volto era cambiato, intorno agli occhi aveva qualche ruga in più.

«Il professore» ha detto. Ha raccolto con la forchetta le ultime molliche con cui avevamo condito i carciofi, poi si è alzato e ha iniziato a sciacquare i piatti in quel suo modo incomprensibile e caotico – le pentole ammucchiate nel lavello sopra i bicchieri quasi fossero indistruttibili.

«Quindi?». Ho raggiunto la radio per cambiare canale. Da settimane lo sentivo distante, sapevo già che il programma a cui stava lavorando, una struttura molecolare complessa che gli era stata commissionata da un ente di ricerca esterno all'università, si era bloccato per mancanza di finanziamenti, e più passavano i giorni più avevo l'impressione che il suo umore riflettesse quello stato delle cose. Cristian si è sfilato il maglione, gli è rimasta addosso una delle sue t-shirt dalle stampe acide che lo rendevano più simile a un cantante punk che a uno scienziato, ha incastrato l'ultima pentola tra i piatti piani e un coperchio largo che finiva sempre per intralciare l'elica della lavastoviglie.

C'è stato, a un certo punto, un rumore come di ceramiche che vanno in pezzi; la gatta è sbucata fuori dallo spazio stretto accanto al frigo, ha emesso uno stridulo lamento di dissenso.

«*Draga-sjena*» l'ha rassicurata Cristian «stai tranquilla, non si è rotto niente». Per un attimo ho pensato che le avesse appena raccontato una bugia.

Di Londra me l'ha detto come se si fosse trattato del cambio di un piano telefonico, della scelta di un altro gestore del gas. Invece era un grande centro di ricerca impegnato a disegnare nuovi farmaci per tenere a bada il cancro – avevano "bisogno" di lui, il professore gli aveva trovato "un aggancio". Siamo rimasti in silenzio per ore, Cristian alle prese con il filo della radio che la gatta aveva prima tormentato con la punta delle unghie e poi staccato a morsi, io colta da un'improvvisa voglia di riordinare. Sul pavimento, appoggiate a una parete, c'erano ancora le cornici senza quadri che non eravamo più riusciti a sistemare. Erano sempre state lì, e a un certo punto non le avevo più viste, invece adesso mi provocavano un certo fastidio.

«Queste?» ne ho sollevate due di dimensioni diverse. «Le possiamo buttare?».

Cristian mi è venuto incontro, mi ha sfilato piano le cornici dalle mani. «Lù» le ha poggiate a terra «diosanto, razionalizza, è solo il mio lavoro».

Avrei voluto chiedergli che ne sarebbe stato di noi, di quello che avevamo costruito, invece non ho detto niente, mi sono chiusa in un percorso a ritroso che partiva dalle cornici e passava per i mobili che avevamo montato, si fermava per qualche istante su ognuno degli oggetti che avevamo comprato – il macinino del caffè, la zuccheriera azzurra con il coperchio scheggiato, il portaspezie magnetico – poi usciva dalla finestra, e arrivava fino al giorno in cui avevamo lasciato il raccordo e il cantiere era comparso nella nostra vita.

Era un giorno d'estate, le cicale nascoste tra le fronde delle sughere sopravvissute alle ruspe gridavano più forte di tutto, ricoprivano le nostre parole. E più alzavamo la voce per parlare, più nelle gole ci entrava secca la polvere bianca che il vento sollevava dalle sterpaglie.

Io e Cristian camminavamo fianco a fianco dietro l'impresario dell'agenzia, un uomo calvo e tarchiato che ci faceva strada tra i ponteggi, indicando gli scavi.

«Tutto quello che ancora non c'è molto presto sarà un fatto concreto» faceva roteare gli indici intorno, indirizzandoli verso gli spiazzi sterrati. «Laggiù» indicava, col polsino della camicia che sporgeva oltre la manica della giacca gessata «il multiplex a dodici sale». «Là» faceva cenno più avanti «la palestra polifunzionale».

Cristian lo interrompeva, gli chiedeva com'erano fatti gli allacci dell'acqua, dove stavano i contatori della luce – mi rivolgeva sguardi sfuggenti per assicurarsi che stessi seguendo il discorso. *PARCO DELLE CERTEZZE*, c'era scritto in maiuscolo sul volantino che continuavo a ripiegare in tanti piccoli vorticosi triangoli; *la tua vita possibile adesso è realtà*, leggevo dall'altra parte se lo srotolavo. Me lo aveva infilato nella tasca della gonna un pomeriggio, sulle scale antincendio dell'edificio di Chimica dove in pausa pranzo ci davamo appuntamento.

«Cos'è?» gli avevo chiesto senza dargli troppo peso.

Allora lui aveva fatto un passo avanti, verso di me, mi

aveva avvolto i fianchi come faceva sempre quando voleva baciarmi. «Un inizio» aveva detto.

Se chiudo gli occhi sento ancora in lontananza i clacson che stonavano nel traffico di Roma, i boati delle metropolitane ci facevano tremare i piedi.

L'appartamento era al pianoterra. Eravamo entrati da quello che sarebbe diventato il terrazzo, una distesa di pietra incandescente sotto il sole a picco che avrebbe incluso un giardino. Per un attimo mi ero fermata a guardare il parallelepipedo alto e stretto che si ergeva al di sopra delle nostre teste come una promessa solida. Dalle ringhiere dei balconi non si affacciava nessuno, gli striscioni con su scritto VENDESI si lasciavano gonfiare dal vento. Dentro, i pavimenti erano ancora incrostati di intonaco, le pareti emanavano un fresco sgargiante. Diversi strati di cellophane erano stati avvolti intorno alle finestre e i fili della luce spuntavano a ciuffi dai buchi sul soffitto. Tutto sembrava aspettare il nostro passaggio per cominciare a esistere. Cristian lo trovava "sorprendente", una parola che fino ad allora gli avevo sentito usare solo quando raggiungeva un nuovo record di apnea. Ogni volta che tornavamo per vedere a che punto erano i lavori lasciava scorrere le dita sui tubi del gas, nei fori a cui di lì a poco sarebbero stati attaccati i termosifoni. Stava sempre due battute avanti ai nostri discorsi e mi faceva un sacco di domande – «Mattonelle chiare o scure? Frigo incassato o separato?». Aveva saputo di quell'occasione da un collega ma per pagare meno avremmo dovuto decidere tutto molto in fretta.

«Chiare» dicevo io distrattamente. «Incassato» aggiungevo senza conoscere quali sarebbero state in ogni caso le conseguenze. A ventitré anni non sapevo niente di come si arreda una casa, tutto quello che davvero mi importava era avere la certezza di svegliarmi nel suo letto ogni mattina.

Avevo imparato ad amare Cristian nei sotterranei dell'università, davanti a grossi scaffali di vecchi volumi e tesi strappate a cui appoggiavo la schiena mentre mi alzava la gonna tra una lezione e l'altra, a bordo dei gommoni che affittava la domenica per spingersi a largo di acque sempre più profonde da cui lo aspettavo tornare. *Malo-sunce*, mi chiamava nella lingua di sua madre, tra le sue braccia la vita mi era sembrata un problema più facile.

Invece da quando ci eravamo trasferiti le cose erano diventate complicate. L'autunno era arrivato in fretta, i cieli cristallini all'imbrunire si riempivano di storni, e i giorni si accorciavano sotto la coltre irrequieta di quelle nuvole nere.

Cristian mi guardava con i suoi occhi stretti, un po' invadenti, gli stessi con cui tante volte mi aveva giurato che non saremmo affogati quando andavamo a nuotare.

«Sicura?» mi chiedeva ogni volta che dovevamo scegliere tra un rosso e un marrone, un largo e un sottile.

«Non lo so» gli dicevo «ma perché dobbiamo decidere tutto?». Allora cominciava a disegnare. Letti, frigoriferi, vasi per le piante, qualsiasi cosa fosse appena entrata nella traiettoria dei nostri bisogni imminenti. Se ne stava accovacciato sul pavimento a fissare il muro dritto davanti a sé, torturava il tasto della penna a scatto, poi faceva scivolare la punta avanti e indietro, colpendo più volte la stessa parte di foglio per tracciare una piccola curva, una linea retta, e così si perdeva nei dettagli di maniglie e pomelli, sottovasi e pulsanti.

«Ma a che serve?» gli chiedevo.

«Tutto serve» mi diceva lui «se è utile a immaginare quello che ancora non esiste». Me lo aveva ripetuto per mesi, fino a che non era arrivato l'inverno, ogni volta che aveva sfogliato le istruzioni per assemblare un tavolo allungabile, un armadio a due ante, e aveva azionato il trapano, ma poi si era voltato smarrito, in cerca di un suggerimento.

Avrei voluto credergli. Invece la sera, mentre il suo corpo raffreddato dalle incombenze mi passava accanto – «Ludovica» mi chiamava. «Lù, mi passeresti la chiave inglese? Sai per caso dov'è finita la colla?» – lo scrutavo di nascosto, mi chiedevo se era sempre lo stesso o se ero io che, lentamente, contro la mia volontà, stavo dimenticando quella che in fondo ai suoi sguardi avevo creduto di essere.

A volte avevo l'impressione di non saper neppure ricordare chi ero stata prima d'incontrarlo. Lo rintracciavo in ogni giorno che strato dopo strato si era depositato sul mio perimetro interno. Mi capitava ancora di pensare a quando un pomeriggio di settembre, nel corridoio dell'edificio di Chimica, mi aveva spiegato che il suo dipartimento si occupava di trovare la cura a una lista di malattie. Avevamo sentito delle risate, una ragazza era scivolata davanti ai bagni e i suoi amici l'avevano presa in giro. Il professore aveva sbattuto la porta dell'aula chiedendo di fare silenzio e un'eco leggera si era propagata tra le colonne del corridoio come in una chiesa. «Che tipo di malattie?» gli avevo chiesto avvicinandogli le labbra all'orecchio. Cristian aveva fatto un passo indietro nel sole che attraversava i vetri impolverati delle finestre, per un attimo la luce mi aveva accecata e non ero più riuscita a vederlo, poi era ricomparso dentro un cono più scuro. «Oncocercosi, schistosomiasi, tracoma, per dirti» mi aveva sorriso lasciando intravedere sotto il labbro superiore gli incisivi irregolari. Aveva appena cominciato il dottorato, io ero al secondo anno di università. Ogni volta che inciampavo nei suoi occhi mi sentivo riportare a galla dai confini della sua persona.

I giorni avevano ricominciato ad allungarsi e i bordi delle strade si erano ripopolati di cespugli disordinati e incolti che iniziavano a coprirsi di minuscole gemme legnose. Nello stereo della macchina era rimasto incastrato un vecchio cd che riproduceva la stessa canzone anche quando non avevamo più voglia di ascoltarla, e ogni volta che lasciavamo il raccordo e imboccavamo la statale, non appena le punte dei rovi iniziavano a fondersi con le pozzanghere, riprendevamo a discutere.

Cristian insisteva che avremmo potuto fare a meno delle tende alle finestre, era convinto che avremmo dovuto montare sfalsate le mensole, sistemare la libreria nello studio. Io invece non ero sicura di niente, continuavo a rigirarmi il metro tra le dita. «E se i libri li mettessimo in soggiorno?» gli chiedevo. «E se invece prendessimo le tende?». Da mesi ci promettevamo di piantare le siepi, togliere la calce dalle mattonelle, e invece non avevamo nemmeno comprato il divano.

Il cantiere era un'orchestra di carrucole stonate, palafitte e pali della luce. Ogni cinque settimane i lavori si fermavano per pioggia, ordinanze comunali, sequestri, calamità non meglio identificate. Poi di punto in bianco riprendevano.

Tutto procedeva con un ritmo lento, sfiancante. Cristian era costantemente impegnato a montare qualcosa che poi rimaneva comunque a metà. «Hai per caso visto una di queste?» mi mostrava sudato tra il pollice e l'indice una piccola vite. Non l'avevo mai vista.

La casa era diventata una collezione di inizi, ogni volta che sollevavo da terra un ammasso di scatole mi ritrovavo a gridare davanti alle zampe filiformi di una scutigera. Ma i nostri disastri non erano niente di fronte al fumo che continuava a evaporare denso dalla centrale nucleare giapponese, un enorme relitto che se ne stava incorniciato nel televisore muto e sempre acceso come un quadro vivo che ci faceva da sfondo.

Di notte sognavo enormi masse minerali frantumarsi al suolo con tonfi sordi, scolaresche a bordo di autobus in fiamme, palestre sigillate con dentro ostaggi avvolti nello scotch per i pacchi – ma non me ne preoccupavo, nel corso dei mesi mi ero abituata a smaltire nel sonno le tragedie del mondo. La mattina, davanti allo specchio, potevo seguire la traccia dei vasi sanguigni sotto la pelle che col passare dei giorni si era fatta sottile. Allora picchiettavo bene il fondotinta con la punta delle dita, lo spalmavo tutto intorno agli occhi, sulle guance, scendendo fino al mento in un moto uniforme che speravo, nelle ore a venire, sarebbe servito a mantenermi più vera. Invece appena lasciavamo la statale e imboccavamo il raccordo mi sembrava di dissolvermi nel cosmo. E ogni volta che ci separavamo in un parcheggio e io m'incamminavo verso l'istituto enciclopedico dove da due anni lavoravo come addetta alle didascalie, succedeva sempre la stessa cosa: pensavo che in fondo fosse colpa di Cristian, di come aveva smesso di guardarmi e aveva iniziato a farmi sentire. Quando avevamo cominciato a frequentarci, all'università, aveva un modo tutto suo di osservarmi prima ancora di toccarmi, come se dovesse calcolare le giuste distanze, come se solo così avesse potuto evitare di vedermi svanire. Adesso invece mi guardava disfarmi tra le pareti e gli spigoli, attraverso i bicchieri mezzi vuoti in cucina. E mi lasciava scivolare dentro di me, nella spirale concentrica che partiva dai margini di quello che sarei potuta ancora essere e procedeva dritta al centro di tutto quello che non sarei più potuta diventare.

Ci sono persone che nascono intere, io mi ero costruita intorno a un vuoto. Il fatto che mia madre il giorno dopo che ero nata avesse rimosso tutti gli specchi dalle pareti nella convinzione che i chiodi avrebbero potuto staccarsi rappresentava solo uno tra gli inneschi possibili di quel processo.

Ero stata una bambina "diffidente", una ragazza "incline al vaneggiamento". A sette anni sostenevo di potermi separare come il latte, a forza di giravolte, a tredici di essere attraversata da una tempesta di spilli. Le tappe della mia crescita erano state costellate da allucinazioni percettive e dolori invalidanti, cartelle cliniche e diagnosi che ogni volta si erano rivelate imprecise. Mi ero lasciata scandagliare da macchine sempre più complesse fino a diventare quasi inconsistente. Ogni volta che il dolore tornava a divorarmi i nervi, mi teneva sveglia di notte in preda ai tremori e alle palpitazioni, mettevo in dubbio il senso del mio stesso stare al mondo. Cristian era arrivato nella mia vita come una dimostrazione di esistenza; adesso, di quella prova, non mi restava che un'impronta sbiadita.

Dalla finestra dell'istituto mi perdevo a fissare gli uffici di fronte. Mi chiedevo come sarebbe stato lasciarmi massaggiare i piedi dal ragazzo che al primo piano stava finendo di scrivere un documento, accogliere in bocca la caramella al miele che quello del terzo mi avrebbe di sicuro offerto in terrazza prima di farsi guidare le mani. Nelle vite degli altri mi immaginavo diversa – una volta mi facevo leccare senza riserve seduta su una sedia ergonomica, un'altra arrossivo se mi sfioravano un polso, bastava uno sguardo a farmi venire la pelle d'oca. Nella vita di Cristian stavo diventando la mia brutta copia, un insieme incoerente di limiti e difetti, tra gli spigoli delle sue planimetrie continuavo a sfaldarmi in una successione infinita di istanti.

Forse anche per questo mi ossessionavo con Flavia, la sua ex, che una sera durante un temporale era piombata tra i nostri discorsi con un messaggio di due sole parole: *Ho bucato*. Non aveva mai cercato Cristian fino ad allora, ma "sono cose che capitano", l'aveva giustificata lui quando era rientrato dopo averla aiutata, la maglietta sporca di grasso e sulla faccia un sorriso che veniva da un altro pianeta. Dai brevi racconti che me ne aveva fatto, me li ero immaginati come la coppia ideale. Flavia e Cristian dovevano essere stati quelli che al liceo tutti invidiavano, quelli che si scambiavano i vestiti tinti a mano e si ritrovavano sempre dopo aver pogato ai concerti. Diverse volte avevo chiesto a Cristian perché si erano lasciati, e lui mi aveva risposto sempre allo stesso modo: non c'era un motivo preciso, era finita. Le persone crescono, mi diceva, vanno avanti. «È una cosa che succede a tutti, è naturale». Doveva essere quella la nostra differenza irriducibile, iniziavo a convincermi – lui cresceva andando avanti, a me invece sembrava di espandermi.

Nelle mie fantasie si espandeva anche lui. Poteva capitare, per esempio, che quando usciva dalla doccia con l'accappatoio zuppo di vapore chiedendomi se anche per me andasse bene un uovo in camicia o se lo preferivo al tegamino, lo accusassi di aver cancellato un messaggio, una chiamata lunga almeno quindici minuti che sicuramente c'era stata prima e adesso, guarda caso, era scomparsa.

Forse Cristian aveva davvero ripreso a vedere Flavia, le regalava creme per il corpo alla vaniglia, autoreggenti ricamate che indossava in qualche selfie di cui lui distruggeva le tracce, ma in ogni caso in mezzo a mille prospettive c'era solo una forma sbagliata – la forma ero io. Quanto più ero stata disinvolta a figurarmi tra le braccia di uno sconosciuto mentre Cristian mi sfilava i vestiti, a convincermi di essere Flavia l'attimo prima di provare un orgasmo, tanto più svuotavo gli armadi, ripiegavo daccapo le gonne dividendole per lunghezza, ordinavo i maglioni in base alle tonalità.

«Bravo» gli dicevo mentre sistemavo le stampelle tutte in fila «a cancellare sono bravi tutti».

Cristian mi guardava come i protagonisti dei film sugli zombie che non sono ancora diventati zombie guardano gli zombie. Più io ripiegavo i vestiti, più lui li dimenticava per terra. Più m'impegnavo a incollare le cose che si erano rotte, più lui se le lasciava scivolare dalle mani. E anche se finivamo sempre per inzuppare il pane nello stesso tuorlo, avevamo preso l'abitudine di addormentarci ogni notte un po' meno vicini. Ci svegliavamo all'alba, io sul letto, lui sul tappeto. E viceversa, a seconda dei giorni, ma sempre con il torcicollo, perché comunque ci addormentavamo seduti. Sono abilità che in caso di emergenza si apprendono, e quella doveva essere di sicuro un'emergenza visto che a un certo punto avevamo smesso con il sesso e non facevamo che guardare documentari sulle sonde aerospaziali, lungometraggi dedicati a come sopravvivere agli incidenti nucleari.

Finché non era arrivata Ombra.

Il verso proveniva dall'angolo delle scope, in fondo al garage, così l'avevamo vista.

Era piccola. Ci eravamo avvicinati camminando piano per non spaventarla. Aveva il pelo scuro, le fessure degli occhi sigillate da un muco solido, incrostato. E cigolava.

«È femmina» aveva detto Cristian prima ancora di andarle a spulciare il pelo, l'aveva sollevata in aria pizzicandola per la collottola.

La gatta aveva tirato fuori gli artigli, ci aveva mostrato i denti. Era femmina davvero. Solo quando Cristian l'aveva posata di nuovo a terra era tornata a cigolare, poi si era raggomitolata tutta intorno a un punto.

Le avevo passato un dito davanti al naso annodato di ragnatele, ma lei non si era mossa. Allora Cristian mi aveva poggiato una mano sulla testa come faceva sempre quando voleva proteggermi da qualcosa che era più grande di noi.

«È cieca» aveva detto. «Noi la vediamo ma lei non vede niente».

Ogni sera tornavamo a controllare che ci fosse ancora. Se provavamo a sfiorarla ci mordeva le dita, allora le lasciavamo il cibo sopra un coperchio di plastica.

Con gli occhi chiusi ingoiava tutto quello che le portavamo da mangiare. E più ingoiava, più Cristian mi parlava degli ingredienti che avrebbe usato a cena. La stagione delle uova era finita, adesso si era fissato con le torte. Ne cuoceva di tutti i tipi – dolci, farcite, più o meno salate. Raccoglieva le ricette migliori e buttava via il resto, diventava sempre più veloce e ogni volta che ne tirava fuori una dal forno me ne portava una fetta su un piatto, oppure avvolta in un tovagliolo. E poteva aspettare che finissi di piegare una pila di vestiti, di guardare la terza puntata di una serie tv ambientata nel mezzo di un'apocalisse, finché non l'assaggiavo anch'io, gli dicevo se era buona davvero. Ma la maggior parte delle volte era lui che me la spingeva tra le labbra, qualsiasi cosa stessi facendo non potevo che masticare, lasciarmi ripulire gli angoli della bocca dalle sue dita una volta che avevo finito. I nostri corpi avevano ricominciato a toccarsi così, tra un boccone e l'altro. A nuotare non ci andavamo più, ma avevamo ripreso a dormire vicini.

Parlavamo con la luce spenta – del lavoro, di quello che stava accadendo nel mondo, dei nomi che si possono dare ai gatti. *Ombra* era stata la prima parola a metterci d'accordo dopo mesi. E anche se poi Cristian in croato la chiamava *draga-sjena*, alla fine l'avevamo portata con noi.

«Non ti ci abituare» mi aveva avvisata. «Un giorno quando meno te l'aspetti se ne andrà». Gli avevo creduto. Dopotutto era una creatura randagia, apparteneva al mondo di fuori, non c'era ragione per cui non se ne tornasse da dov'era venuta.

Ma intanto è di noi che ha bisogno, mi dicevo come fosse un assioma – *una gatta appena nata che non vede difficilmente sopravvive in garage.*

Ombra si aggirava tra i pilastri e le viti orientata solo dall'olfatto e dalla coda che teneva sempre rivolta al soffitto. La cecità non le impediva di aggrapparsi agli scaffali, risalire con gli artigli i nostri vestiti. Con la testa bassa procedeva a tentoni attraverso le stanze, si arrampicava sulle cose rimaste appoggiate ai muri in attesa di trovare un posto – una sedia pieghevole, due cuscini imbustati, l'attaccapanni che avevamo lasciato in un sarcofago di polistirolo.

A guardarla acquattata sul pavimento, la testa nella ciotola del cibo, la coda tesa come a captare un segnale, certe volte mi appariva un essere a metà tra una nutria e un elettrodomestico, qualcosa che in un momento di distrazione o durante il sonno avrebbe potuto venire a tritarci le gambe. Poi, appena si tirava su dritta, puntava il muso verso i vetri della finestra per cercare il tepore del sole, si mostrava di nuovo per quella che era, una creatura indifesa e distante.

Non avevo la minima idea di come riuscisse a orientarsi lungo i battiscopa, infilare una zampa dopo l'altra tra le gambe di una sedia, ma a ogni modo mi ero convinta che avesse la capacità di rendere vive le cose, facilitare gli eventi.

Tutto quello che toccava cambiava di senso, di destinazione.

Così, a mano a mano che aprivamo le sedie, appendevamo i cappotti, tiravamo via dalle buste i cuscini, mi sembrava di riemergere dal caos. E più Ombra mi mordeva le dita, le spremeva schiacciandole sotto la lingua come a svuotarmi di un liquido interno, più mi avvicinavo alla superficie del mondo, diventavo tutto quello che all'improvviso sentivo di essere: una ragazza normale, dalle sembianze precise, che resta fissa al centro delle sue giornate.

Avevo comprato un orologio. Era rosso, rotondo, le lancette spostavano l'aria in un modo gentile. Dopo averlo sistemato leggermente in alto, un po' più in basso, sulla parete della cucina, mi ero fermata e l'avevo mostrato a Cristian.

«È bello» mi aveva detto. L'avevo preso come un complimento. Da quando avevo imparato a usare il trapano mi sentivo incollata a me stessa e alla vita. Più montavo le mensole degli scaffali, fissavo le ante, incastravo i cassetti, più riuscivo a immaginare il cantiere finito, io e Cristian mano nella mano per le vie del nuovo centro commerciale, seduti l'una accanto all'altro al multisala nell'attesa che iniziasse un film.

Cristian mi aspettava ai piedi della scala pronto a prendermi nel caso avessi perso l'equilibrio – «Hai un talento con le viti» mi diceva come fosse un fatto strano.

Io scendevo a occhi chiusi, volevo capire cosa si prova a muoversi senza vedere niente. Camminavo tenendo gli indici puntati avanti, cambiavo strada ogni volta che incontravo uno spigolo, finché non m'imbattevo di nuovo nel corpo di Cristian e trasalivo per lo spavento.

«Buttati!» si allontanava lui. «Buttati avanti, senza guardare». Una prova dopo l'altra, negli incavi del suo corpo diventavo una forma perfetta.

Ombra si aggirava tra le stanze tessendoci intorno labirinti invisibili, ragnatele di saliva che sapevano tenerci vicini. Avevamo imparato a muoverci piano per fare meno rumore, grattavamo sui muri per avvertirla della nostra presenza, ma lei sapeva sempre dove trovarci anche quando restavamo in silenzio. Aveva ciglia lucide che nei mesi si erano fatte più folte, il muco era sparito sotto i batuffoli bagnati che le avevamo strofinato sulle palpebre a intervalli di sei ore. Finché una sera, mentre Cristian mi sfilava le calze sul divano ancora imballato, aveva aperto gli occhi e senza più muoversi ci aveva guardati.

Avevamo venduto il televisore e al suo posto avevamo preso una radio, un vecchio apparecchio di quelli che si trovano a pochi soldi su internet tra gli articoli usati. Prima di sederci a tavola Cristian l'accendeva facendo girare la rotella tra un canale e l'altro alla ricerca della canzone giusta, dell'intervallo senza interferenze, ma se partiva un notiziario ero io che mi alzavo per andare a cambiare stazione. Un gesto involontario, niente più che una risposta automatica che i miei nervi avevano trovato per restare saldi. Alle cattive notizie preferivo la pubblicità, anche se poi avevo finito per stancarmi persino di quella.

Ombra ci guardava sempre da lontano, la coda affusolata intorno al corpo fermo e dritto. L'avevamo portata da un veterinario, l'infezione era risolta ma ci aveva assicurato che il suo sguardo registrava solo i nostri aloni. Era come se ci guardasse da un altro mondo. E più ci fissava, più a me sembrava di vedere Cristian per la prima volta davvero; le sue spalle larghe e le gambe sottili, l'entusiasmo e la pazienza con cui nuotava incontro al nostro destino. Amavo senza riserve il modo impreciso e distratto che aveva di spargere sul tavolo le briciole del pane, il tocco imprudente con cui di punto in bianco mi accarezzava la testa. E anche se aveva l'abitudine di cambiare continuamente il posto alle cose, sentivo lievitarmi dentro la fiducia che, presto o tardi, le cose ne avrebbero trovato uno che sarebbe rimasto lo stesso.

Avevamo finito i soldi prima di poter pensare a quadri e

lampadari ma a me non importava, mi importava solo di Ombra che mangiava tanto, mangiava tutto, lasciava vuota ogni ciotola che riempivamo di carne molliccia e con un trillo ne chiedeva ancora. E più mangiava, più le vite degli altri rimpicciolivano attratte da orizzonti distanti.

Da quando l'avevamo portata con noi le cose non si rompevano più, avevamo imparato a maneggiarle con cura. E anche se poteva capitare che io mi avvicinassi a Cristian, andassi a sistemare tazzine e zuppiere nel cestello della lavastoviglie appendendole a testa in giù, Cristian faceva sempre finta di niente. Come se lo scontro tra i nostri difetti si fosse svuotato di peso e fosse diventato un codice da non prendere alla lettera, da assecondare. Per il resto del tempo i nostri corpi si aggiravano in un viavai di vicinanze, e il mio si manteneva intatto, evitava di disperdersi in una manciata di scie. Così, non saprei dire quando di preciso, avevo smesso di sognare. Gradualmente, nello specchio del bagno, la mia pelle si era fatta più spessa. I giorni procedevano in fila, le notti scivolavano l'una nell'altra tra i nostri piedi vicini. E Ombra s'incastrava tra i nostri corpi, veniva a farsi la tana tra i miei vestiti. All'alba con gli artigli mi cercava i polpastrelli, li massaggiava con la lingua, schiacciandoli tra i denti. «Poverina» diceva Cristian appena cominciava a succhiare «non capisce che da lì non esce niente?».

Tutto si rompe, mi ripetevo, *quasi tutto può essere riparato*. Cristian aveva aggiustato me, Ombra aveva aggiustato noi. Chi ci avrebbe riparati adesso?

I giorni ricominciavano, ma tutto aveva assunto un'aria più precaria, disordinata. La radio trasmetteva canzoni sempre uguali che avevamo smesso di riconoscere e i notiziari erano tornati a prendere il posto delle pubblicità. «Ottocento i naufraghi», «novemila sotto le macerie» – le disgrazie si accumulavano tutte intorno alle nostre giornate come lo sporco sulla superficie dei mobili che ormai non ci preoccupavamo più di spolverare.

Ombra usciva di sera e nessuno di noi ne sapeva più niente, tornava a bussare alle finestre nel cuore della notte costringendoci ad alzarci per lasciarla entrare.

Cristian si svegliava sempre prima, veniva a letto tardi. Lo sentivo camminare avanti e indietro nello studio, ripetere le frasi a voce bassa, poi interrompersi e ricominciare il discorso che avrebbe tenuto il primo giorno di lavoro al centro di ricerca di cui mi aveva mostrato le foto che aveva trovato su internet.

«Alla fine è una buona notizia» mi diceva quando s'infilava a letto. «Di schistosomiasi si ammalano in pochi, ma il cancro è un'altra cosa, prima o poi ci riguarda tutti».

Mentre mi cercava con la mano, faceva scorrere le dita tra le pieghe delle lenzuola, mi trovavo a sperare che si trattasse di un equivoco, di uno scambio di persona che lo aveva coinvolto per sbaglio.

Poi una sera, seduta sul letto, l'ho guardato impacchettare le magliette, i calzini, una serie infinita di jeans. Non lo avevo mai visto maneggiare le cose con tanta attenzione, per una volta non aveva fretta, sapeva solo che farlo era giusto. Io invece avevo la testa piena di metro che "saltavano in aria", concerti che finivano in un "bagno di sangue", tenevo accesa la radio per restare aggiornata sull'ultima "strage".

«Non ti sembra un segno?» gli chiedevo ogni volta.

«Un segno di cosa?».

«Un indizio, qualcosa che ti dice di non partire».

Cristian non rispondeva mai, aveva imparato a cambiare discorso, mi guardava come se i fatti del mondo con noi non c'entrassero niente.

Siamo partiti insieme un giovedì sera, il tempo di aiutarlo a sistemarsi e poi sarei tornata indietro. Ombra ci fissava acquattata tra le gambe del tavolo, nello stato d'allerta che assumeva ogni volta che eravamo pronti a varcare la soglia di casa. «Fai la brava, *draga-sjena*» l'ha salutata Cristian. L'ho visto lanciare uno sguardo veloce al divano prima che chiudessimo la porta, seguire il riverbero della plafoniera che dal pianerottolo illuminava i mobili della cucina, le pareti più larghe che avevamo dipinto di nero.

«Non è possibile» gli ho detto «che un lavoro possa dividere due che si amano».

«Ma noi non ci dividiamo, Lù, noi non ci dividiamo mai». Mi ha infilato in tasca le chiavi. «Siamo come gli atomi, l'unità più piccola della materia».

Gli aeroporti di notte sono cattedrali di vetro, ci si arriva da tangenziali deserte, grandi arterie stradali che gli girano intorno per finirci davanti. Si fa presto a spogliarsi, passare in un campo magnetico, riappropriarsi dei cosmetici nelle buste trasparenti; si procede su tapis-roulant e scale mobili e non è mai possibile tornare indietro. Cristian mi diceva che sarebbe tornato, si trattava di un trasferimento provvisorio – sei mesi, forse un anno, al massimo tre. Il professore lo aveva pregato di sfruttare quell'occasione per contribuire alla sua ricerca in un modo "incisivo". Dovevamo "avere pazienza", "saper aspettare", considerare la vita per quello che era, "una serie di periodi in sequenza".

«Dopotutto è quello che dovrebbe fare uno scienziato» mi diceva la sera a telefono. «Misurare il tanto che basta alle cose per passare a una fase diversa o tornare allo stadio di prima».

All'inizio facevamo avanti e indietro tra due città, un weekend a testa, due weekend per uno ogni mese. Gli aeroporti erano diventati il prolungamento dei nostri arrivederci. Poi il centro di ricerca gli aveva chiesto di fermarsi e a viaggiare ero rimasta solo io.

Viaggiavo di continuo, appena era possibile, appena l'istituto mi lasciava qualche giorno. Continuavo a riempire valigie di sciarpe e magliette, collant e pigiami. Non trovavo più niente, soprattutto quando mi serviva. Imparavo a vivere indossando i vestiti sbagliati – una camicia senza il terzo bottone, i jeans troppo stretti per le scarpe che ci avevo infilato sotto. Le mie borse erano piene di fogli strappati e ritagli che avevano bisogno di settimane per trovare un posto. Didascalie, a cui mi dedicavo senza tregua per sottrarmi a quel trambusto.

Mani intrecciate a formare un animale nell'antico gioco delle ombre cinesi, potevo scrivere un attimo prima del decollo accanto al disegno di un lupo proiettato su un muro. *Vista dalla finestra a Le Gras*, sotto il panorama contenuto in un'eliografia. Alla fine dell'anno l'istituto avrebbe dato alle stampe la *Piccola enciclopedia della luce* e io tra un volo e l'altro mi affannavo a trovare le frasi più adatte da sistemare vicino alle immagini.

Compravo sempre insieme il biglietto di andata e quello del ritorno, assicurandomi di stare in ogni caso dalla parte del finestrino. Selezionavo posti corrispondenti solo a numeri dispari, eccetto quelli che mia madre mi avvertiva portassero sfortuna, evitavo a tutti i costi i martedì. A forza di lasciarmi trasportare avanti e indietro mi era proliferata dentro una scaramanzia che riguardava l'atto stesso di volare. Quel processo, applicato a me, mi sembrava innaturale. La prima volta che avevo preso l'aereo da sola mi aveva provocato un'emicrania lancinante. *Eccomi lì, sono qui, la stessa, un'altra*, mi ripetevo ipnotizzata dall'oblò, un orifizio che affacciava sui miei stati deformati di coscienza.

Il controllo passaporti era uno slalom di famiglie bionde, madri capricciose e bambini spettinati. Gruppi di sorelle con le teste avvolte in lenzuolini colorati, uomini alti e soli sempre con la barba sfatta, guardie che mi squadravano dalla testa ai piedi, si rigiravano tra le mani la mia carta d'identità come fosse un compito svolto male.

Nei labirinti di transenne e vetrate, lungo i tralicci che scorgevo dai finestrini degli shuttle, mi allenavo a rintracciare la mia faccia, ma al suo posto trovavo sempre addensato in un angolo il riflesso di Ombra. La vedevo restare davanti alla porta d'ingresso quando me ne andavo, aspettare che tornassi. Mi chiedevo se chiusa in un appartamento vuoto riuscisse a distinguere il giorno dalla notte, le ore dalle settimane, se potesse comprendere le assenze e i ritorni. Ogni volta che aprivo la porta mi veniva incontro a passi obliqui, faceva lo slalom tra le mie caviglie. Se la prendevo in braccio, le affondavo il naso nel pelo, sapeva della polvere che si accumula dietro i divani.

Non mi capitava più di sognare disastri, nei miei sogni c'erano colline sovrastate da un bagliore chiarissimo, una strana atmosfera di quiete che mi faceva svegliare di soprassalto – la lampada accesa, Ombra sopra di me, i suoi occhi larghi e vuoti che durante le fusa rivolgeva al soffitto; io che pensavo, *perché c'è tutta questa luce, dove siamo finite*. E mi sembrava di trovarmi un'altra volta in fila al gate, mi mettevo a contare le ore che mi separavano dalla partenza successiva.

Nelle mie fantasie, io e Cristian eravamo due punti separati da uno spazio totale. In fondo, tutto potrebbe essere più semplice, mi ripetevo – *se A e B stanno insieme e B cambia città, A e B si lasciano*, formulavo una didascalia mentale. Invece non facevo che prendere aerei, e doveva accadere qualcosa nel momento in cui la geografia dei fusi si mangiava un'ora in un verso e ne rivomitava una nell'altro, perché continuavo a perdere penne, orecchini, elastici per capelli.

«La mia vita sta sparendo» rispondevo ai suoi «Come stai». «Non fare così» mi sgridava Cristian. «È solo una fase, pensarci non ti basta?». Gli dicevo di sì, invece non era vero. Volevo capire da dove veniva la paralisi del tempo e dello spazio che si traduceva nell'inversione delle cause e degli effetti. Tornavo prima ancora di partire, partivo quando non ero ancora tornata. E ogni volta che atterravo mi sembrava di aver perso un pezzo e di averne trovato un altro, ma di una forma diversa, che non s'incastrava nello spazio lasciato vuoto da quello di prima.

La casa era un deserto squadrato. Gli oggetti restavano ad aspettarmi sorvegliati dal grande orologio rosso appeso al muro della cucina, e nel frattempo mi pareva che si tramutassero in qualcosa di diverso, che non avrei più potuto toccare. Come se a ogni partenza mi fossi spostata da quella che ero, e poi fossi tornata sdoppiata di qualche millimetro, non più sovrapponibile alla versione precedente.

Il silenzio invadeva lo spazio, passava sotto le porte, s'infilava nelle pieghe dei vestiti, tra i pigiami che Cristian aveva lasciato perché in valigia non c'entravano mai. Ero capace di ripiegarli l'uno sull'altro mille volte fino a credere che lui fosse in bagno, pronto a infilarsi nel letto, a scandire i minuti con le parole e gli scherzi. Invece il mio tempo era un'ora infinita, una galleria lunga e profonda che si avvolgeva intorno agli specchi. In quei riflessi non mi trovavo mai identica, mi sorprendevo a guardarmi con sospetto, come si guarda qualcosa che a forza di sdoppiarsi non esiste. Da quando Cristian era partito il sonno era diventato una speranza, l'amore una possibilità, dentro di me si faceva spazio la nostalgia di un periodo magico che conteneva tutti i nostri periodi anteriori. Non sapevo nemmeno se fosse esistito davvero, tra me e me lo chiamavo soltanto *prima*. *Prima* trovavamo tutto e sapevamo sempre che ora era. *Prima* dormivamo bene, ci amavamo meglio. Tutt'a un tratto mi sembrava di poter distinguere i contorni lucidi di quelli che eravamo stati. Accadeva sempre di notte, quando il corso degli eventi si staccava dalla superficie delle cose assumendo le sembianze di un loop. Era solo così che precipitavo in un passato perfetto, andavo a cercare il momento in cui Cristian mi guardava negli occhi e io diventavo una.

DIAGRAMMI

Mia madre mi apriva il cancello avvolta da una nuvola di fumo. «Eccola» mi diceva quando mi vedeva arrivare davanti alla casa di pietra. Poi mi diceva che ero alta – nella mia famiglia ero l'unica a non restringersi e questo avrebbe potuto anche essere un pregio se non fosse che quando mia madre me lo faceva notare suonava più come un disappunto, la constatazione che non potevo essere una di loro, dovevo appartenere a qualcos'altro. Se iniziavo a tossire mi diceva che poteva spegnere la sigaretta, io comunque le rispondevo di no. La guardavo pattinare con le pantofole di feltro sul pavimento del soggiorno, farmi strada fino alla porta che separava la sala dal disimpegno dove trascorreva le giornate – con mio padre si erano divisi gli spazi: lui dormiva di sotto, lei di sopra, s'incontravano nel corridoio o sulle scale. Sempre più spesso, quando andavo a trovarli, mi capitava di pensare che erano diventati piccoli. *Dev'essere stato mentre non c'ero, probabilmente mi trovavo in aereo, di sicuro è successo di notte*, mi ripetevo. In ogni caso non esisteva una foto che attestasse quel restringimento. *I miei genitori*, pensavo mentre li osservavo impegnati a pulire una montagna di fagiolini o a raschiare via lo sporco dalle mattonelle del patio. E mi sembrava un concetto assurdo. Nel corso degli anni mi ero fatta un'idea del passato in cui ancora non c'ero come il loro periodo migliore, un rettangolo bianco, dove le immagini si facevano sempre più grandi. Nelle mie fantasie, li vedevo rincorrersi sui gradini di una Roma soleggiata e distante, diventare nitidi nel mirino della Lubitel con cui tante volte mi avevano lasciato giocare. «Gli amori nascono spesso da passioni difficili» avevo più volte sentito dire a mio padre. Mentre srotolava i negativi, li avvolgeva intorno alle bobine che mia madre gli passava dentro il buio artificiale della nostra prima casa, mi chiedevo perché poi, alla fine, di tutte le foto che avevano fatto, non ne era rimasta nessuna.

«Entra, entra» ha detto mia madre il giorno che ho saputo del cane. «Ti faccio vedere dove abbiamo seppellito Pippo».

Le ho chiesto di mio padre.

«È partito stamattina presto». Mi ha portata in cucina. «Stavolta Messico, sai com'è tuo padre». L'ho seguita come facevo di solito, come se non avessi mai lasciato quella casa – lo sportello del frigo sempre ricoperto di calamite, anche se ogni volta mi sembrava di trovarle in un posto diverso; nel lavello quattro tazzine e un piatto piano, la macchinetta del caffè.

«Inge sta peggio» ha detto riferendosi alla madre di mio padre «e lui fa così: più le cose vanno peggio, più si allontana». Mi risultava ancora difficile immaginarlo percorrere le strade statali con il suo passo lento, gli scarponi impolverati. Per vent'anni l'avevo visto fermo dietro al bancone del negozio di riparazioni, le dita strette attorno agli ingranaggi piccoli, invece adesso non faceva che accumulare grossi libri sullo scioglimento dei ghiacci, sapeva tutto sui viaggi a piedi.

«Ecco» mia madre ha aperto la finestra e mi ha spinta più avanti sul terrazzino che affacciava sulle canne dei pomodori. «L'abbiamo seppellito lì». Ha indicato il cespuglio.

Avrei voluto parlarle di Ombra, ma continuava a sembrarmi un pensiero sbagliato. Anche Pippo, un cagnetto randagio che aveva trascorso gli anni a scavare buche e saltare in alto, alla fine non era sopravvissuto ai cinghiali, i suoi resti erano andati in pasto ai lombrichi sotto il pitosforo.

«Mi sento molto più sola da quando non c'è». Mia madre è andata a pigiare il mozzicone dentro una scorza di cocco in un angolo a terra. Per un attimo ho creduto si riferisse a mio padre. Ho cercato sul frigo la nostra unica foto, uno scatto di qualche mese prima che io nascessi. Era ancora lì, incorniciata da un bordino di ossidiana – mio padre la barba nera, mia madre lo sguardo languido che aveva da ragazza. Quando eravamo lontane era così che la immaginavo, le ciocche castane che le sfioravano una camicia di seta, profumava di colonia. Adesso invece aveva i capelli corti e addosso sempre una tuta acetata. Ne possedeva almeno venti, di colori diversi, ma puzzavano tutte di fumo. Se glielo facevo notare mi rinfacciava che da bambina collezionavo orologi – «Tutti quelli che tuo padre non riusciva ad aggiustare e nessuno tornava a prendersi» mi ripeteva scuotendo la testa. Non aveva mai accettato fino in fondo quella mia ossessione. "Il cimitero", lo chiamava mentre li ordinavo in una scatola di latta di quelle che in una vita precedente contenevano francobolli o cioccolata. Ogni volta che le chiedevo dove fosse finita, mi rispondeva: «Chissà, col trasloco abbiamo perso un sacco di cose. Ci ho messo un'eternità per ritrovare la biancheria, ho dovuto ricomprarla online, e adesso ho due paia di tutto».

Erano passati quasi dieci anni da quando avevamo venduto il negozio e ci eravamo trasferiti in quello che all'inizio era solo un rudere da ristrutturare, ma lei lo raccontava sempre come se mio padre si fosse appena sentito male, come se i medici gli avessero suggerito il giorno prima di avere "una vita tranquilla".

Quanto a me, ci ero rimasta abbastanza da imparare a memoria il nome degli arbusti e degli insetti più comuni. Poi una mattina di dicembre avevo lasciato i miei genitori a cercare le cose che non trovavano più e a domandarsi se non fosse arrivato il momento di prendere un cane. Ero tornata in città, ed ero andata a vivere con Inge, al terzo piano di un palazzone scorticato con i panni sempre stesi dai balconi che affacciavano sui binari dei treni. L'unica opzione che mi era sembrata possibile per finire l'università e trovarmi un lavoro, sopravvivere a quella che i giornali che comprava mia madre annunciavano come "la crisi peggiore del secolo". Invece avevo incontrato Cristian, avevo risposto all'annuncio dell'istituto, e alla fine avevo lasciato la facoltà di Matematica dove mi ero iscritta due anni prima con l'ambizione di laurearmi sui *Fondamenti della geometria* di Hilbert. Mi piaceva pensare che le tre cose non fossero la conseguenza l'una dell'altra, ma che semplicemente fossero successe.

«Se ti servono soldi non ne ho» ha detto mia madre mentre la guardavo tagliuzzare un mazzetto di bieta – «ma posso darti la cicoria e delle uova».

Allora le ho parlato di Morgana. Ogni tanto ripensavo ancora alla sua faccia quando mi era venuta incontro dall'altra parte del terrazzo con i capelli raccolti da una molletta di plastica, la figlia piccola aggrappata alle gambe del pigiama. «Tranquilla» aveva allungato il braccio oltre le grate della ringhiera che ci separava per prendere le chiavi «so come fare con i gatti». Per un attimo mi era sembrato di consegnarle la mia vita di prima. Di quella vita riuscivo in quel momento a ricordare poche cose. Noi che toglievamo la calce dalle mattonelle, le siepi che crescevano e la libreria sempre più piena. Io che aprivo la porta, Cristian che mi faceva trovare sul tavolo il mio dolce preferito – una torta di mele affogata nel burro, mi diceva: «Tra poco mi scade di nuovo il contratto». Mi ricordavo il suo sguardo e la mia inquietudine, il tempo che ci avevo messo a concedermi di desiderare quello che avevamo costruito. Flavia che spariva dai nostri discorsi, Ombra che faceva la tana sul fondo dei mobili e dentro gli armadi. Non riuscivo a trattenere nient'altro delle cose che erano successe fino alla sera in cui, mentre stavamo cenando, il telefono di Cristian si era illuminato di una luce diversa, più fredda, e aveva iniziato a suonare.

Morgana mi aveva giurato che se ne poteva occupare lei, che con tutti i gatti che aveva una in più non le avrebbe cambiato niente. Così quando partivo le lasciavo le chiavi, al cibo ci pensava lei finché non tornavo. Solo che Ombra aveva smesso di mangiare, annusava i dadini di carne svogliatamente, ne masticava uno, poi si allontanava dalla ciotola camminando all'indietro finché non incontrava il bordo del tappeto, lo zoccolo del mobile della cucina.

«È un dispetto» diceva Morgana. «È quello che fanno i gatti quando non sono d'accordo con te». Morgana era così, aveva le sue teorie – le cimici si riproducono nelle lenzuola bagnate, le ortensie con gli anni rimpiccioliscono, se guardi il sole per più di tre secondi invecchi prima...

«E cos'è che fate di preciso all'istituto?» mi aveva chiesto una mattina mentre staccava le corolle secche dal cespuglio di margherite che aveva piantato accanto alla lavanda.

«Enciclopedie, piene di grafici e tabelle» le avevo risposto. «Io scrivo le didascalie».

«E non ti annoi?» aveva buttato le corolle dentro un sacco nero, si era avvicinata alla ringhiera per controllare che dicessi la verità. Le avevo spiegato che mi aiutava a rimanere calma.

Avevo iniziato a pensare a lei se nasceva un dubbio, un imprevisto – perdite d'acqua, crepe nei muri, allarmi notturni, cose di questo tipo. Dopo che aveva divorziato dal marito la sentivo più sicura, nonostante le continue richieste

– un uovo, i croccantini dei gatti, la scala per fare il cambio di stagione –, le confessioni improvvise – «Noi non ce la facciamo» – che sfociavano in un finale a sorpresa – «Abbiamo montato un'altalena, adottato sette pulcini, comprato una piscina gonfiabile». *Devo chiedere a Morgana, devo chiamare Morgana*, mi dicevo. Poi non lo facevo, ma questo non toglieva niente alla realtà del pensiero.

Non potevo immaginare di svegliarmi una mattina e non trovare più lei, i suoi tre figli che camminavano scalzi, si aggrappavano alle ringhiere del terrazzo, mi rivolgevano tutti i perché del mondo – perché i palazzi hanno gli spigoli, perché le lucertole perdono la coda, perché perché perché.

Morgana era andata via senza salutarmi. Aveva lasciato i gatti, che adesso spingevano il muso sui vetri delle mie finestre in cerca di cibo, aveva ammucchiato tutti i giochi della figlia piccola lungo l'intercapedine al confine con il mio terrazzo. E poi, semplicemente, era sparita. Niente più mani piccole che sbattevano per sbaglio sulla porta gridando il mio nome. Niente più risposte improbabili a domande improbabili. Solo palme fuori dai vasi, giocattoli impolverati di terra, passeri che facevano il nido negli angoli. Io e Cristian avevamo smesso di incontrarci così, da un giorno all'altro gli aeroporti non ci riguardavano più – *non si può lasciare una gatta sola in un appartamento chiuso*, continuavamo a ripeterci. Nell'attesa della soluzione più adatta la nostra era diventata a tutti gli effetti una relazione a distanza.

«Sarà partita per una vacanza» ha detto mia madre. «Vedrai che tornerà».

«Ma una vacanza non dura due mesi, non se ti chiami Morgana, non se hai tre figli e tuo marito ti ha lasciata nei guai» le ho fatto notare. Mia madre aveva posato il coltello sul ripiano di granito, era andata a ripulirsi le mani dai filamenti trasparenti che le erano rimasti incollati alle dita per riempirsi un bicchiere d'acqua, lasciarci cadere dentro venti gocce di biancospino.

«Puoi anche portarmi il tuo gatto» si è asciugata gli angoli della bocca con lo strofinaccio guardando fuori dalla piccola finestra che affacciava sul frutteto «ma poi non darmi la colpa se fa la fine di Pippo» si è messa a ridere.

L'ho guardata come facevo di solito, come se non mi trovassi lì. Avrei voluto ereditare da lei quell'attitudine a restare attaccata alle cose, invece mi sentivo evanescente.

«Con queste ci facciamo una frittata» mi diceva davanti al cancello, tra le dita le foglie di un tarassaco che aveva tagliato vicino allo stagno mentre mi accompagnava alla macchina. Poteva infilarmene tra le mani un mazzetto o chiedermi per l'ennesima volta se volevo le uova – «La gallina più vecchia ne sta facendo di così perfette» mi informava. Allora tornava dentro, mi veniva incontro con le uova avvolte in un giornale di chissà quanti anni prima, una busta di pomodori che aveva raccolto in fretta.

«Stanotte entriamo nella luna nuova» mi avvisava. «È il momento di piantare gli spinaci». Io prendevo tutto senza discutere, anche se sapevo già che i gusci si sarebbero crepati prima ancora di arrivare al cantiere, che i pomodori sarebbero rimasti a marcire in un angolo della cucina.

La voce di Cristian mi arrivava dai fori di un vecchio telefono usato con il filo in gomma arrotolato su se stesso che avevo recuperato in garage. *Devojčica*, mi chiamava se smettevo di parlare. Sapeva che i neurologi mi avevano concesso un'ora al giorno davanti agli schermi, che il resto lo facevo a penna per evitare di precipitare nel tunnel delle luci blu. Da quando era partito le emicranie avevano preso il sopravvento e gli smartphone non facevano che scivolarmi dalle mani e frantumarsi a terra, come a seguire un'intenzione propria, un desiderio indipendente dal mio pensiero. Così avevo imparato a farne a meno, e un giorno dopo l'altro ero tornata a fare i conti con quella che ero stata prima d'incontrarlo, una ragazza "sensibile", con dei "problemi nervosi", intrappolata in un viluppo di fitte sempre più acute e diagnosi incerte, opercoli da assumere prima dei pasti e gocce amare da diluire nell'acqua.

Mi nutrivo di insalate in busta, surgelati duri come sassi che buttavo in padella nella speranza che si ammorbidissero in fretta. Più ingoiavo, più si spalancavano gli spazi tra me e me, tra la mia vita lontana da Cristian e una vita inventata che a un certo punto ci avrebbe tenuti vicini.

Cristian mi raccontava del vento, degli ombrelli che continuavano a rompersi senza un motivo preciso, io di come avevo imparato a distrarmi dalle cattive notizie senza cambiare canale. Nella città di Bad Aibling due treni passeggeri si erano scontrati, un volo era precipitato nei pressi di Rostov-sul-Don, l'aeroporto di Bruxelles era scoppiato in mille pezzi, ma per me non era mai successo niente.

Al cantiere le strade erano piene di buche e la pioggia continuava a formare delle immisurabili pozze di fango nei campi rimasti incolti tra le impalcature. I pomeriggi assolati in cui io e Cristian avevamo spinto i nostri corpi contro le onde si allontanavano da me tirati via da una forza intransigente. Mi sembrava che piovesse sempre.

Cristian mi chiedeva a che punto erano i lavori, io gli spiegavo dell'acqua che andava via sempre più spesso lasciando tracce di terra e sabbia nel lavello, della corrente che saltava all'improvviso facendomi piombare nell'oscurità.

«Un cantiere può durare per sempre?» gli chiedevo. «Per quanto tempo un condominio può restare vuoto?». Continuavo a rigirarmi tra le dita le spire del filo di gomma come a voler svincolare le frasi dallo scarto di tempo che ci teneva distanti. Non m'importava più se erano le cinque, le sette, le dieci, a Londra era comunque un'ora in meno. Il ticchettio dell'orologio in cucina aveva iniziato a sembrarmi indecente, ogni volta che Cristian diceva "buonanotte" mi chiedevo se noi due esistevamo davvero.

Ombra era spesso fuori, ne perdevo le tracce oltre le ortensie spoglie, lungo i viticci che il rincospermo annodava alle grate della ringhiera. Se stringevo le labbra, emettevo un fischio sottile, la sentivo tornare al galoppo da un punto lontano. «Dove sei stata?». La prendevo e la stringevo al petto, le affondavo il naso nel pelo. Sapeva di marmitte calde, di acquitrini. Al telefono Cristian mi chiedeva di lei. Voleva sapere cosa mangiava, quanto ci metteva a percorrere il tragitto dal bagno al divano, se di giorno le sue iridi cambiavano ancora colore.

«Se chiudi gli occhi cosa vedi?» mi domandava prima di

riattaccare. «Un triangolo rettangolo, il mondo a righe, un puntino nero che gira» rispondevo io. Invece avevo sempre in testa la ragazza con gli occhiali che avevo incontrato in aereo una delle ultime volte che ero partita, i suoi capelli corti e le sue braccia scarabocchiate di nero.

Mi era venuta incontro trascinandosi dietro un borsone nel corridoio tra i sedili. Mentre sistemava nella cappelliera un poster arrotolato in un cartone avevo visto che sotto il polso, tra le ramificazioni delle vene, aveva tatuata una piccola scritta. Diceva: di maiuscolo, esse minuscolo, una vu orizzontale, poi uno zero. Ci eravamo scambiate una smorfia di convenienza – gomitate involontarie tra lei che si toglieva il cappotto e me che cercavo di infilare la borsa sotto il sedile davanti – «*Sorry, sorry*». Oltre la tendina le luci rosse si accendevano e si spegnevano, i portantini con i gilet arancioni spingevano i carrelli ricolmi di bagagli, un aereo minuscolo partiva prima di noi. Mentre il personale di bordo era impegnato nel balletto delle istruzioni infelici, la ragazza mi aveva chiesto se stavo andando in vacanza, le avevo risposto di no. Non sorrideva mai, ogni tanto si tirava indietro i capelli corti con un gesto quasi automatico. Le avevo chiesto del poster. Mi aveva spiegato che era stata a Roma per una conferenza sul principio di causalità.

«Inferenze?» le avevo domandato interessata.

«Entropia» si era sfilata gli occhiali e li aveva puliti con il bordo della maglietta. Mi era tornato in mente il primo anno di università, l'euforia che mi provocava cerchiare a matita sui libri di testo le parole nuove.

Le luci si erano spente e il motore aveva iniziato a girare. Ci eravamo guardate un istante, poi ognuna aveva riportato lo sguardo dov'era prima – io sullo schienale del sedile davanti, disegni di emergenze in successione di cui anche stavolta avevo rimandato la comprensione. Continuavo a rigirarmi tra le dita le figure dell'enciclopedia che avevo ritagliato e sistemato nell'agenda numerate in ordine crescente. Per un attimo mi ero chiesta cosa sarebbe accaduto se avessi terminato gli studi invece di mollare tutto e buttarmi a capofitto in quel lavoro. *Se non avessi conosciuto Cristian, se non fossimo arrivati al cantiere, se lui non fosse partito*, continuavo a ipotizzare. La mia vita mi era apparsa come una successione di intervalli in cui non avevo deciso niente.

«Insomma, che ci vai a fare a Londra?» mi aveva chiesto la ragazza quando si era spenta la spia delle cinture. Era rimasta a fissarmi mentre cercavo di ordinare mentalmente le parole nel modo più adeguato per rispondere alla sua domanda, ma alla fine non ci ero riuscita. Così avevo provato a chiederle se, secondo lei, nel mondo materiale esistevano davvero le possibilità.

La ragazza aveva tirato fuori una penna, aveva iniziato a disegnarsi il dorso delle mani. Diagrammi, circondati da lettere e numeri che mi mostrava alla rovescia con l'espressione di chi sa dove vuole arrivare.

«*You know what I mean*» mi diceva per accertarsi che cogliessi a pieno il contenuto delle sue definizioni. «*May I?*» mi aveva domandato allungandosi verso la mia agenda quando sugli avambracci aveva finito lo spazio.

Le avevo risposto di sì, i miei ritagli erano caduti a terra e nessuna di noi si era chinata a raccoglierli.

Per tre ore l'avevo guardata tracciare le sue linee curve, i suoi piani inclinati, i pianeti. Di tanto in tanto sollevava lo sguardo dal foglio per aggiungere a voce un dettaglio, spiegare meglio un concetto. «Se noi siamo qui» diceva puntando un angolo del foglio con la penna a sfera «quelle che ci sembrano le nostre scelte fanno parte di un quadro più grande». Io annuivo anche quando non avevo ancora capito.

È vero, sarebbero bastati un grafico e una manciata di dati per farmi ingoiare di tutto, ma la ragazza aveva un dottorato in Fisica, le sue frasi iniziavano per *if.* Stava provando a insegnarmi che se una cosa è più veloce della luce non esiste, che la durata di un *adesso* può subire variazioni, non sono cose che si imparano in tre ore.

Secondo la ragazza stavamo avanzando tutti senza scampo verso il centro della materia. «Perché è qui» diceva cerchiando un puntino «che la curvatura dello spaziotempo diventa infinita». Il suo discorso era sempre più fitto e faticavo a elaborarne il contenuto, seguivo solo la penna comporre sul foglio ragnatele d'inchiostro nero.

«*Are you ok?*» di tanto in tanto mi chiedeva. «Tutto bene» rispondevo io. «Il calore si muove solo dai corpi caldi ai corpi freddi» mi guardava severa. «Delta esse è sempre maggiore di zero».

Da quando avevo smesso di viaggiare dormivo sempre meno, le mie notti si assomigliavano tutte. Il canto delle rane risuonava intorno alle finestre senza infissi dei palazzi di fronte – saranno state migliaia nascoste tra gli arbusti dell'inula bagnata che infestava la casa di un odore pungente. I gatti di Morgana avevano fame, aprivo una bustina e ne prendevo tra le dita il contenuto molle e bagnato, sul terrazzo spalancavo le mani e le lasciavo spazzolare da quell'esercito di lingue ruvide. Il cantiere ristagnava nell'oscurità. Lanciavo un'occhiata distratta al terrazzo di Morgana, ogni volta peggio. Le palme si erano spezzate ed erano divaricate a terra, feci argillose cospargevano le mattonelle che portavano al giardino. Una si era sollevata lasciando intravedere un lieve rigonfiamento, mi avvicinavo alle grate per guardare meglio. Sembrava che sotto ci fosse della terra, rabbrividivo al pensiero di una colonia di scutigere. Mi ricordavo di quella volta che Morgana si era lasciata cadere dalle mani le mollette dei panni, si era aggrappata alle grate e abbassando la voce mi aveva confidato dei debiti che il marito le aveva lasciato. «Scommesse» aveva tagliato corto quando le avevo chiesto se c'entrava la cocaina. Le aveva intestato la casa quando ancora non sapeva che lui giocasse.

I gatti sgrullavano le teste, sgusciavano via nei vuoti della ringhiera. Quello bianco, il più grosso, restava, si andava a infilare sotto il cespuglio di rosmarino. Ombra gli andava incontro annusando l'aria, con la punta del naso componeva dei piccoli otto, gonfiava il pelo e iniziava a soffiargli, il rosmarino era roba sua. Mi accorgevo di quanto fosse cresciuto. I rami erano spessi e legnosi, erano usciti dalla terra e allungandosi avevano coperto le mattonelle. Scostavo con un piede la massa informe e odorosa che aveva lasciato l'impronta della sua forma sulle mattonelle, cacciando sul dorso delle foglie un intrico di escrescenze bianche, una muffa cotonata che si era aggrappata agli aculei appuntiti. Non mi ero mai occupata di potare le piante, prima ci pensava Cristian. Certe sere mi sorprendevo a sperare di vederlo sbucare dall'altra parte delle siepi con la cesoia tra le mani. E poteva capitare che Ombra affilasse le orecchie, che allungasse il collo come se avesse sentito arrivare un gigante, tornasse dentro animata da una corsa improvvisa, ma se mi voltavo vedevo solo il terrazzo di Morgana, le corde dell'altalena attaccate al soffitto del patio ben tese, il sedile immobile. Allora entravo anch'io, mangiavo in piedi davanti al frigo una fetta di pane con sopra il gelato, ricominciavo da pagina dieci.

Avevo comprato tre quaderni, erano larghi abbastanza da aprirci dentro una mano, sul tavolo della cucina mi allenavo a ricopiarci i diagrammi che mi aveva lasciato la ragazza seguendo un ordine che mi appariva appropriato, traducevo le sue corrispondenze assolute in un linguaggio a me più vicino. *In un sistema isolato il disordine non può che aumentare*, scrivevo più volte. Un assillo te lo meriti se hai dimenticato come ti spegni.

Non ero sicura che il risultato finale coincidesse con quello che aveva detto la ragazza, ma il mio obiettivo era arrivare a un alfabeto che funzionasse per me, che mi aiutasse a trovare un modo per rivedere Cristian. *Attrazione e repulsione*, scrivevo sul primo quaderno – tracciavo due frecce che convergono, due che divergono. *Una durata e due distanze*, aggiungevo dopo, e disegnavo un triangolo. Nelle mie fantasie, la nostra relazione era una serie di figure in cerca della frase che ne avrebbe rivelato i meccanismi. *Postulati*, avevo scritto a penna sulla copertina, mi ero convinta che raccogliere una lista di princìpi mi avrebbe avvicinata alla risoluzione del problema che era diventato la mia vita.

Dormire non mi serviva più, quando finivo con il quaderno ricominciavo con i pigiami di Cristian. Mettevo insieme tutte le righe, dall'altra parte i quadretti. Entravo nel bagno, nello studio, aprivo e richiudevo le porte e non sapevo più cosa stavo cercando. Ombra saltava giù dal tavolo dov'era rimasta a origliare i giri stretti della penna a sfera. Mi seguiva nel tragitto tra gli armadi e i cassetti, intuiva i miei spostamenti con le punte dei baffi. Aveva ripreso a mangiare e la sua pancia era sempre più gonfia, i polpastrelli non li cercava più, ma se mi sdraiavo veniva a poggiarmi le zampe sul cuore. Allora stavamo ferme per forza, ci bastava il ritmo sfalsato dei nostri battiti. Era sempre così che i pensieri mi trascinavano a riva, fino alla schiuma bianca dove io e Cristian avevamo incrociato i nostri passi prima di immergerci in mare. In quei viaggi al contrario, mi spingevo fino al bordo dei gommoni a cui tante volte mi ero aggrappata col fiato corto e le palpitazioni. Pensavo a Cristian, alle sue labbra che diventavano viola quando risaliva a galla con le mani strette attorno a una conchiglia. «Guarda cos'ho trovato là sotto» mi diceva. «L'ho presa per te».

Al telefono Cristian mi parlava del suo lavoro, di patate schiacciate con sopra l'anguilla, di sformati di maiale serviti freddi. Io lo aggiornavo sulle piante che crescevano in giardino, sulle strane infiltrazioni che avevano creato un mosaico di macchioline verdi e diffuse – non le avevo mai notate prima di allora e invece adesso avanzavano lungo gli spigoli, si spandevano sopra il soffitto.

«Sai» mi diceva Cristian «da bambino vedevo sempre qualcosa nell'umido che certe volte d'inverno si formava sui muri. E poteva capitare che mi spaventasse, perché mi sembrava un drago o un pagliaccio, così mi addormentavo con la luce accesa, nella speranza che in quel modo avrei potuto tenere il mostro fermo, inchiodato dov'era».

Non mi aveva mai parlato troppo del suo passato e invece adesso lo faceva spesso, come se l'impossibilità di vederci gli avesse sbloccato un'attenzione retroattiva. Così condivideva i ricordi in cui non c'ero, catene di istanti che a volte tornavano a galla prendendo il sopravvento. Mi aveva raccontato, per esempio, della casa di Gaeta in cui viveva con Saverio, il suo padre adottivo. Del giorno in cui con Carlo, suo fratello, aveva visto un nugolo di topi entrare nel pollaio, dando inizio a una mattanza di becchi e di come Carlo era svenuto cadendo all'indietro e sbattendo la testa. O di quella mattina che Saverio li aveva portati a pescare. E per filo e per segno mi aveva descritto l'amo che era andato a conficcare nella carne del verme, e come il verme si contorceva. E poi la spinta decisa che aveva sentito a un certo punto tirare la lenza e come Saverio gli avesse mostrato – afferrandogli le mani strette intorno alla canna – la maniera in cui si avvolge un mulinello. «È stata la prima volta» mi aveva detto «in cui il movimento mi ha provocato quel guizzo». Come un balzo nello stomaco, mi spiegava, a metà tra la nausea e il solletico. Aveva sentito qualcosa di simile quando il centro di ricerca gli aveva affidato "il progetto" – «Ma stavolta è diverso» mi diceva. «Adesso tutto è più lieve, attutito».

Certe sere, al di là della cornetta, lo immaginavo sfilarsi via le pinne di una vita sommersa e diventare astronauta, evaporare gradualmente verso l'infinito. Come se avesse potuto nuotare nell'aria, come se la distanza che ci separava mi restituisse tutte le cose che di lui non sapevo.

A e B sono due oggetti permanenti e separati – scrivevo sul primo quaderno accanto a due punti distanti. *Perché non dovrebbero essere così?* – disegnavo due punti vicini. Tra quelle pagine, io e Cristian eravamo diventati due elementi incongruenti, non combaciavamo quasi mai. Le rimanenze del nostro passato esercitavano sul mio presente un effetto analgesico, erano gusci vuoti che continuavo a collezionare, una notte dopo l'altra, mnemonicamente. Nei ricordi sparsi e frammentati che un po' alla volta mi si materializzavano davanti io e Cristian camminavamo sul bagnasciuga, ci fermavamo a ridere di tanto in tanto lungo spiagge senza fine. Ce ne stavamo inginocchiati sulla sabbia a disegnare con le dita parole straniere: *Ljubavi, volim te, želimživjeti sa tobom.* «A Sarajevo significa "voglio vivere con te"» mi diceva.

Una notte mi ha interrotta il suono metallico del campanello. Ho camminato verso la porta con la lentezza di una sonnambula. Morgana aveva la faccia enorme e il corpo filiforme dentro il foro dello spioncino, ai piedi minuscole scarpe di tela. Ho contato fino a cinque prima di aprire, non mi sembrava una cosa possibile.

«Ciao gatta» ha detto rivolgendosi a Ombra che si era infilata nello spazio tra i miei piedi rischiando di farmi inciampare. Non aveva mai affidato nomi propri agli animali, si rivolgeva a loro in base al sesso o al colore del pelo; il suo universo si rivelava attraverso concetti essenziali, coppie di opposti.

«Ma dov'eri finita?» le ho chiesto.

«Da nessuna parte» ha lasciato ciondolare in aria le chiavi attaccate a uno *scoubidou* rosa che prima non c'era.

«Volevo ridarti que-ste» le sue parole erano state interrotte da un singhiozzo improvviso.

Ho afferrato le chiavi. Le ricordavo più grandi, per un attimo mi è sembrata l'unica prova che io e Cristian eravamo esistiti davvero. «Ti trovo diversa» mi sono lasciata scappare «più magra».

«Ah» Morgana ha incrociato le braccia all'altezza del petto, come se improvvisamente avesse freddo o come se fosse arrivato il momento di andare «dev'essere il perco-rso di rinnovamento intenzionale». Ho fatto un passo indietro per lasciarla entrare, ma Morgana ha scacciato un insetto immaginario con il dorso della mano.

«Non ora» ha detto «magari domani, nel caso ti fa-ccio sapere». L'ho vista scomparire poco dopo oltre l'ascensore, il suo singhiozzo è rimbalzato nell'androne delle scale.

Le settimane passavano, ma Morgana non tornava. Avevo provato a suonare da lei ma nessuno aveva risposto. Le persiane erano sempre chiuse, i gatti cercavano cibo – tutto come negli ultimi mesi.

Il cantiere era una giostra spenta. Di tanto in tanto lo squittio di una civetta riecheggiava dall'alto di una gru tra le impalcature dei palazzi di fronte, un antifurto lontanissimo riprendeva a suonare, poi tornava il silenzio a soffocare tutto. Una lettera mi avvisava che i problemi di bassa tensione sarebbero stati risolti *al più presto*, ma la corrente continuava a saltare, se ne andava sempre dopo il tramonto e io venivo assorbita dal buio. Mi muovevo piano – un passo, poi l'altro, percorrevo i muri con la punta delle dita, raggiungevo la portafinestra. Facevo un fischio, ne facevo un altro ma Ombra non tornava. La immaginavo incastrata in una strettoia, precipitata in un vuoto d'aria che non aveva previsto, e sentivo sotto lo sterno come un impasto di calce diventare denso. Allora tornavo indietro, mi arrampicavo con le dita fino al barattolo in cima allo scaffale, le infilavo tra le candele dei compleanni. Da quando ci eravamo trasferiti in quella casa ne avevo compiuti cinque, Cristian quattro. Ripercorrevo le scie dei nostri soffi sulle fiammelle – «Tanti auguri», io che esprimevo un desiderio: *Il cantiere finito, andare al cinema a piedi*. Ne prendevo una e l'accendevo, la sistemavo in equilibrio dentro un bicchiere. Aprivo il quaderno e strappavo una pagina. *Dove sono i tuoi figli?* ci scrivevo sopra. Oppure, *Quanto dura domani?* Uscivo sul pianerottolo e infilavo il foglio sotto la porta di Morgana. Mi avvicinavo piano, appoggiando una guancia alla superficie di legno, ma non si muoveva niente.

Ogni mattina mio padre si faceva un selfie, lo mandava a mia madre e lei lo imprimeva su un rettangolo di carta che sbucava dalla piccola stampante che lui le aveva regalato prima di partire. *Tijuana*, ci scriveva dietro. Oppure, *San Diego*. Era tutto quello che sapevamo di lui. Nelle foto aveva sempre la stessa espressione dimessa, neutrale – alle spalle un'autostrada, un motel, il deserto. Aveva già percorso la via Francigena, il cammino degli etruschi, ma mia madre diceva che stavolta era diverso, era un viaggio che sarebbe servito a trovarsi “davvero”.

«Tornerà» mi diceva masticando mele con tutta la buccia come fossero chewing-gum. «Ho ascoltato il suo oroscopo». Tra un morso e l’altro stampava gli scatti che le volontarie facevano a Inge. In una fissava l’obiettivo senza sorridere, con la schiena appoggiata ai cuscini, in un’altra aspirava il brodo da un cucchiaio allungando le labbra. *Una settimana a letto*, scriveva mia madre dietro la foto. La malattia avanzava lentamente, dicevano le infermiere, «Succede così quando il corpo è vecchio» – a ogni foto che mia madre mi mostrava la riconoscevo un po’ di meno. Per anni l’avevo guardata avvolgersi i capelli in sciarpe di tessuto a fantasia davanti alla toeletta della camera da letto. Era sempre così che iniziava a raccontarmi di quando da ragazza si guadagnava da vivere cantando nei teatri e dentro le basiliche di Roma, di come mio padre le avesse stravolto la vita anche se questo non le aveva impedito di continuare a cantare mentre lo allattava. «Ogni ostacolo è una piccola opportunità» mi diceva mentre mi insegnava le trecce.

L’ultima volta che ero andata a trovarla mi aveva tirato addosso il vaso con il cactus che mio padre le aveva regalato prima di partire. «Le cose vive sono una schifezza» aveva detto, mi aveva implorato di soffocarla con un cuscino.

«Non darle retta» ha commentato mia madre quando gliel’ho raccontato. «È la leucemia che la fa parlare così, certi mali ti cambiano il carattere». La guardavo attaccare le foto sulla porta del frigo, comporre costellazioni istantanee tra le calamite che dopo ogni viaggio mio padre le aveva portato. Mi ricordavo di tutte le volte che aveva scosso la testa davanti ai referti che i medici ci avevano consegnato, come se i miei sintomi fossero il risultato di un’invenzione. «Dovresti smetterla con questa storia». Li sistemava nello scaffale più alto della libreria. «Concentrati sul fatto che sei viva».

Adesso ordinava gli scatti sistemando le foto l'una accanto all'altra e stando attenta a non lasciare troppe impronte con le dita. «Mercurio è retrogrado» mi avvisava «e questo avrà un impatto su di noi fino almeno a gennaio». Le sue unghie erano sporche di terra e ingiallivano in fretta, le nocche erano diventate dure e i polpastrelli avevano i calli. Ero angosciata per lei, non sapevo dove trovasse la forza per portare avanti l'orto e le galline. «Mi tengo in forma» mi diceva. «Anche se certi giorni non mi dispiacerebbe chiacchierare con qualcuno» mi aveva confessato una sera staccando da terra un cavolfiore con il taglio netto di uno spelucchino. Ormai la sentivo ragionare tra una stanza e l'altra, mentre si muoveva tra le zappe e il pollaio. Parlava da sola, s'interrompeva solo per fumare. Continuava a ripetermi che avrei dovuto lasciare Roma, seguire Cristian e dimenticare l'Italia. «È un paese che affonda, fidati, lo dicono gli analisti». Sulla strada del ritorno continuavo a domandarmi come fosse riuscita nel corso degli anni a conciliare la fiducia negli astri con l'interesse per l'economia.

Non possiamo distinguere il tempo immaginario dalle direzioni nello spazio, scrivevo sul primo quaderno accanto a una freccia a spirale. *Ma sappiamo che un bicchiere che cade e si rompe non può ricomporsi sul tavolo*, disegnavo una freccia lineare. Quel repertorio di princìpi aveva cominciato a lavorarmi dentro, e avevo come l'impressione che, una notte dopo l'altra, una trasformazione silenziosa si fosse messa in moto. Con l'aiuto della scala e di uno straccio avevo iniziato a ripulire la galassia di macchioline che dal soffitto era arrivata fino a terra. Così, spostando il divano, mi ero trovata davanti una collezione di resti tra loro diversi ma tutti avvizziti, sgonfiati, come sulla via dell'essiccazione: il corpo di una cavalletta nera e la coda sbiadita di una lucertola, un roditore dalla bocca aperta disteso accanto alla muta di una biscia. Ombra aveva raggiunto il risultato di quell'impresa che doveva durare da mesi, aveva iniziato a giocare a hockey con il guscio di una noce, a torturare un passerotto morto. Il biglietto l'ho trovato così. *Passa quando vuoi*, c'era scritto, era firmato *Morgana*.

Con la scopa ho raccolto l'ossario che Ombra aveva accumulato a mia insaputa e ho gettato tutto ai piedi delle siepi. «Andate in pace» ho improvvisato una cerimonia rimescolando i corpicini nel terriccio.

Ombra mi ha seguita, è rimasta immobile in attesa che finissi, poi ha trillato come a protestare.

«Cattiva» le ho detto quando siamo tornate dentro.

Il pavimento di Morgana era cosparso di flaconi e nebulizzatori, bacinelle e strane etichette color verde mela. RE-NOVA c'era scritto in piccolo. Mi ero fermata a osservare le sedie impilate vicino alle pareti, il divano ricoperto da un lenzuolo a pois. Le persiane erano tutte abbassate e il lampadario illuminava la cucina di una fioca luce artificiale nonostante fuori fosse giorno. In un angolo a terra, tre grandi sacchi neri portavano in cima tre scritte in maiuscolo: SEMPRE, FORSE, MAI.

«Sicura che non ti disturbo?». Avevo l'impressione di averla interrotta nel corso di un'operazione clandestina.

«Tranquilla» mi ha rassicurata. «È un lavoro pulito». Ha riempito un tappo di un liquido semitrasparente e si è avvicinata per farmene apprezzare l'odore. Sapeva di ananas, ma anche di qualcos'altro che non riuscivo a decifrare – cherosene?

«Buono» le ho detto comunque, non sapevo di cosa stavamo parlando, non avevo intenzione di offenderla.

«L'ho inventato io» mi ha detto. «Funziona sullo sporco più ostinato. Se anche chi lo usa è una persona ostinata» si è affrettata ad aggiungere. Non faceva che armeggiare con nebulizzatori e spruzzini, tubicini e contagocce, mi spiegava di "loro". "Loro" erano più di una famiglia, se non ci fossero stati "loro" probabilmente sarebbe morta a letto. «Sai che non mi alzavo più?» ha cominciato a travasare i liquidi dai flaconi grandi a quelli più piccoli. TESTER, c'era scritto su ognuna.

Mi guardava, di tanto in tanto, tra un avvitamento e l'altro, mi raccontava di come con le finestre chiuse ci si può dimenticare del tempo, di quella volta che sua figlia l'aveva raggiunta sotto le lenzuola, le aveva detto: «Mamma, sono due giorni che ho fame».

«Finché una mattina non ho trovato la cucina invasa da barattoli di brodo granulare e cartacce di Kinder Pinguì». I suoi figli avevano divorato ogni cosa, inclusi gli spaghetti crudi.

«Li ho portati da mia sorella, ha sempre da fare, ma per il momento mi fa il favore, tra sorelle ci si aiuta, no?». L'espressione del suo volto si era fatta più cupa, all'improvviso le era tornato il singhiozzo. Aveva ridotto il pavimento a un cumulo di stracci che continuava a strofinare avanti e indietro pressandoci sopra un piede per asciugare le gocce fuoriuscite durante il travaso.

«Ma se non fo-ssero arrivati loro probabilmente li avrebbe dovuti tenere per se-mpre» la sua voce si era incrinata come per mandare indietro un pianto.

«Loro chi?» le ho passato un flacone ancora vuoto che aveva dimenticato sul tavolo.

«Re-nova» mi ha squadrata come se si trattasse di un'ovvietà. Ci lavorava un suo vecchio compagno di scuola, doveva aver saputo "della situazione", dopotutto le voci giravano.

«Ci vuole coraggio a presentarsi a ca-sa di una che non vede il sole da settimane». Devi reagire, le aveva detto il suo amico citofonandole a sorpresa, le aveva regalato un multiuso al profumo di mango. Inizia con questo, vedrai che ti assomiglia, l'aveva incoraggiata a candidarsi come addetta al porta a porta.

«Quell'odore era la prima cosa buo-na che sentivo da mesi» si era accanita con una spugnetta su una macchia di sugo rimasta sul ripiano della cucina forse per troppo tempo.

Adesso guardava oltre i fori delle persiane abbassate, come se dall'altra parte ci fosse una prospettiva diversa o migliore che la stava aspettando.

«Non c'è niente di male a vendere detersivi» mi sono sentita di dire. Morgana si è voltata con le guance arrossate.

«Non si tratta solo di ve-ndere» ha iniziato a incollare le etichette sulla pancia dei flaconi. «Noi creiamo, diventiamo formatori professionali, insegniamo alle persone a rintracciare le somiglia-nze tra detersivi e bisogni. Nell'ottantacinque per cento dei casi non facciamo altro che aiutarle a rifarsi una vi-ta, diventare persone migliori».

La osservavo armeggiare con le etichette. CERCAVOGLIE, SCACCIAANSIE, PERDIFAME, TROVASOGNI. «Vedi» ci passava sopra un dito per assicurarsi che la colla aderisse ai contenitori senza formare bolle «le paro-le sono importanti, e sconfiggere lo sporco è soltanto una pratica esteriore, un appiglio che ti aiuta a sistemarti de-ntro».

Quel discorso improbabile mi aveva ammutolita. «Alla fine è divertente» continuava. «Ti interessa? Posso presentarti alla direzione del personale». Eliminare gli oggetti inutili, perdere i chili di troppo, cancellare dalla tua cerchia la gente che non può darti niente, mi spiegava. «Questa è la procedu-ra. Va ripetuta tutti i giorni, altrimenti non serve a niente». Mi era venuta sempre più vicina, aveva iniziato a scandire le sillabe disegnando in aria uno schema con le mani.

«Non devi fare altro che mentalizza-re i sacchi neri: buttare tutto quello che non usi *mai*, salvare le poche cose che ti servono *sempre*, temporeggiare sulle cose che usi *fo-rse*. E se l'indecisione dura a lungo, liberarti anche di quelle».

«Chiudi gli occhi» mi chiedeva Cristian al telefono. «Dimmi quale parte del tuo corpo sto toccando». La spalla destra, rispondevo io. Oppure: l'ombelico. Indovinavo quasi sempre, anche se non mi fidavo mai. Avevo l'impressione che mi facesse vincere, o forse ero solo esausta per il sonno che perdevo a forza di ricalcare diagrammi e mettere a posto vecchi vestiti. Non gli avevo mai parlato dei diagrammi della ragazza né dei postulati che stavo raccogliendo, ma sapeva della *Piccola enciclopedia della luce*, del tempo che impiegavo a riscrivere daccapo le didascalie finché non raggiungevano la loro forma stabile. «Corpuscolo» gli leggevo ad alta voce per verificare. «Ente macroscopicamente piccolo dotato di una sua specifica individualità». *A seconda dell'inclinazione degli specchi le sagome saranno triangolari, esagonali, ottagonali*, avevo scritto per la rappresentazione interna di un caleidoscopio, «È così che la luce produce un campo infinito» ripetevo a Cristian. «Definisci campo infinito» mi chiedeva lui. «Un insieme non vuoto di punti» rispondevo. «Una successione di riflessi che si riproduce illimitata».

Un giorno dopo l'altro le nostre conversazioni si erano staccate da tutto quello che potevamo toccare, avvicinandosi a un lessico astratto, sempre meno reale. Non ero nemmeno stata in grado di riferirgli di Morgana, le nostre vite mi sembravano agli antipodi. Allora poteva accadere che iniziavo a leggergli il libretto della lavastoviglie, gli ingredienti della colla, i bugiardini dei farmaci per il mal di testa – un tentativo di riavvicinarlo a me e alla nostra casa, a tutto quello che eravamo stati insieme.

«Che brava» mi diceva Cristian. «Leggimi ancora le controindicazioni dell'indometacina». E io ricominciavo: «Emorragia gastrointestinale, dispepsia, trombosi». Andavo avanti, finché il suo respiro si faceva più intenso, e quando si fermava capivo che era accaduto di nuovo – dormiva.

«Scusami Lù, è più forte di me, non so che mi succede» mi diceva il giorno dopo. Con il passare dei mesi le nostre telefonate si erano diradate, i silenzi erano sempre più lunghi, i discorsi rarefatti. Mi giurava che eravamo come le molecole dell'acqua, che ci muovevamo nello spazio senza allontanarci mai davvero, ma io avevo smesso di credergli, ogni volta mi sembrava di connettermi con il pianeta più piccolo del sistema solare, di dover fronteggiare differite incolmabili. «Vuoi che ti leggo le reazioni avverse della candeggina, le stazioni della radio, l'etichetta dei pigiami che hai lasciato?» gli chiedevo sfinita. «No» mi rispondeva Cristian «le so a memoria, e tra poco devo andare». La mattina si svegliava molto presto, a fine mese doveva consegnare i primi dati del progetto e non riusciva a ottenere i risultati che aveva sperato.

«Quando vieni ti faccio vedere la struttura della nuova proteina» mi prometteva. «È rossa e verde e ruota su se stessa, vedrai, ti piacerà».

«Se solo esistesse un modo» gli ripetevo. «Un sistema qualsiasi per raggiungerti adesso». Ma lui già dormiva. E allora prendevo il quaderno, continuavo da pagina trenta. *Durata del momento adesso*, scrivevo. *Marte: quindici minuti. Luna: pochi secondi. Galassia di Andromeda: due milioni di anni.*

Morgana mi parlava dell'omino del sapone "che vive dentro ognuno di noi" come se fosse normale. «La differenza è tra chi fa finta di non saperlo e chi a un certo punto semplicemente lo sente» mi ripeteva. Lo chiamava "il risciacquo interiore", i ritiri all'hotel Capri – «Quel palazzo rovinato, sulla litoranea, hai presente?» – alla fine servivano a questo. Avevo iniziato a invitarla da me con l'ambizione di tirarla fuori da quel pasticcio. Desideravo con tutta me stessa che tornasse a occuparsi di Ombra mentre non c'ero, tutto quello che volevo era riavere indietro la mia vita, salire su un aereo e rivedere Cristian, ma Morgana arrivava ogni volta con un flacone tra le mani – oggi si chiamava "Scacciapensieri", domani "Trovasperanze", dentro c'era sempre l'essenza di un frutto tropicale, e poi quell'odore tossico di sottofondo che lei non riusciva a sentire. Aspettavo che se ne andasse per svuotare i campioncini nel lavello – Ombra che saltava sul ripiano della cucina, infilava la testa nell'acquaio poco prima di abbandonarsi a una raffica di minuscoli starnuti. «Li hai provati sui pavimenti?» mi chiedeva la volta dopo. «Ne basta mezzo tappo». Le rispondevo di sì, in realtà non mi ricordavo nemmeno l'ultima volta che li avevo lavati.

Ombra ci girava tra i piedi lentamente, la pancia sempre più gonfia, un ammasso di carne che le scivolava sotto la coda. Aveva iniziato a perdere pelo, veniva via a ciocche, lo raccoglievo con le dita e ne facevo piccole palline, le sistemavo tutte in fila sui davanzali prima di decidermi a buttarle nel gabinetto. «Fallo e basta, non ci pensare» mi incoraggiava Morgana. «I dubbi a lunga scadenza ti acco-rciano la vita». A un certo punto mi era diventato chiaro che il singhiozzo le tornasse quando affrontavamo un argomento delicato. Per il resto continuavo a tormentarmi.

«La porterò da un veterinario» le ho giurato una mattina. Morgana ha guardato Ombra, è andata a sfiorarle il muso con un dito. «Gatti-na» ha iniziato a lisciarle la schiena, le ha fatto il solletico non appena lei si è buttata a terra mostrandole la pancia. Allora il viso le si è rischiarato, come succede a incontrare il raggio di sole riflesso dal vetro di una finestra. «Non è malata» si è voltata verso di me sgranando gli occhi. «È inci-nta! Come abbiamo fatto a non capirlo prima?».

Avevano ricoverato mio padre in un ospedale di San Francisco – un mancamento, probabilmente il cuore. Adesso al posto dei selfie inviava scansioni di elettrocardiogrammi, picchi di curve in discesa e in salita su sfondi millimetrati che mia madre stampava al posto delle foto. «Giove sta entrando nella Bilancia» mi diceva. «Nei prossimi mesi ci sentiremo tutti più vicini». Pochi giorni dopo mio padre ci rassicurava con le sue prime parole, *niente di grave*. Era di nuovo in viaggio, diretto verso Ottawa, stavolta in autostop. Cristian mi chiamava sempre meno, se lo chiamavo io parlava poco. «Sono concentrato» mi diceva. «I dati si moltiplicano ma non tornano mai». Avevo scritto almeno cento frasi da sistemare sotto le figure degli studi più diversi – dalla riproduzione delle lucciole alle cause dei blackout – ma non trovavo più il vestito verde che avevo indossato per il mio ventisettesimo compleanno, i guanti di lana beige che avevo comprato con l'ultimo stipendio, gli orecchini di ammonite che mi aveva regalato Cristian per Natale.

Era passato quasi un anno da quando era partito, di notte mi svegliavo in preda a improvvise amnesie, la testa mi scoppiava e non riuscivo a ricordare più che forma avesse la sua faccia. Ombra restava immobile davanti allo scricchiolio delle buste del ghiaccio che mi spingevo sulla fronte nella speranza di tornare a sognare. Non nascondeva più niente sotto il divano, se ne stava rintanata tra i cuscini, la coda arrotolata intorno al corpo, le zampe sotto il muso.

Aveva partorito undici gattini, sette vivi, quattro morti, tutti nella cesta dei panni. Li avevo pescati all'alba con i guanti da cucina. Sembravano piccole foche ricoperte di muco destinate a restare soffocate dalla biancheria.

«Le gatte cieche fanno i figli dispari» aveva deciso Morgana dopo averli sistemati tra i cuscini del divano.

Avevamo seppellito gli altri ai piedi delle siepi. «Facciamo piano o gli si staccherà la testa» me li passava uno alla volta.

Ombra ci veniva incontro, annusava le nostre dita sistemare i corpicini nella terra umida come tuorli dentro collinette di farina, ricominciava a scavare senza darsi tregua. Di notte se ne stava sdraiata su un fianco, si lasciava succhiare da una sfilza di minuscole bocche. Il pelo che aveva perso le aveva lasciato sul manto degli spazi rosa e spesso si tirava via le unghie con i denti. Avrei voluto aiutarla, staccarle i piccoli in modo che non fossero mai più di due alla volta, ma Morgana mi fermava: «Non toccarla» mi diceva «o il latte finirà». Non ho mai capito dove reperisse quelle informazioni.

Una sera l'ho vista comparire nello schermo del videocitofono, aveva addosso il cappotto pesante e gli stivali. «Mi hanno sfrattata» mi ha detto. Quando si è voltata il suo trolley mi è sembrato piccolissimo, per un attimo ho pensato che ero nata per restare sola.

L'appartamento di Morgana era stato pignorato dalla banca e sarebbe finito all'asta, le avevo proposto di restare da me, ma non aveva accettato. «Questo cantiere porta sfiga» mi aveva risposto. «Deve sparire dalla mia vita e dovresti andartene anche tu». Le avevo lasciato il mio numero di casa scritto a penna su un bigliettino, da quando Cristian era partito non ero più riuscita a usare un cellulare.

Pensavo che avrebbe raggiunto sua sorella, invece aveva

preso una stanza all'hotel Capri, progettava un avanzamento di carriera. In qualche mese sarebbe riuscita a sistemare "la storia dei debiti", come la chiamava. «Ma ho bisogno di silenzio, per lavorare devo stare sola» mi aveva interrotta subito mentre le chiedevo dei bambini.

Il cantiere era un enorme pantano, i gatti di Morgana vivevano nel mio giardino in attesa di trovare uno spiraglio per entrare, la mia casa era sempre più sporca e i vestiti non facevano che accumularsi sul pavimento senza rispettare più nessun criterio, che fossero i colori o le stagioni. Ombra passava il tempo a lucidarsi il pelo, appena le facevo una carezza cambiava stanza. Con il tono di una vecchia amica le spiegavo che eravamo rimaste sole mentre i suoi gattini torturavano il divano.

Ogni sera, dopo cena, me ne stavo seduta al tavolo della cucina sotto il cono di luce di una vecchia lampada a braccio che avevo trovato in garage. Avevo quasi finito il quaderno. I diagrammi si confondevano con le figure che avevo strappato dalle bozze dell'enciclopedia che stava per andare in stampa e di tanto in tanto ci avevo attaccato sopra con lo scotch, incrociavano i *Fondamenti della geometria* che avevo ripreso a sfogliare in cerca di leggi sicure. *In ogni piano ci sono almeno tre punti non allineati, nello spazio almeno quattro che non stanno sullo stesso piano*, avevo scritto accanto alla riproduzione dello spettro luminoso. Tra una pagina e l'altra io e Cristian infrangevamo le onde seguendo traiettorie invisibili, diagonali che finivano per delimitare superfici. *C'è sempre un piano e uno solo che passa per due rette aventi un punto in comune*, scrivevo. Qual era il nostro? Cristian non parlava del suo ritorno da mesi, al centro di ricerca continuava a ottenere piccoli aumenti e grandi responsabilità. Mi ero detta che non sarebbe tornato, che restare lontani non aveva più senso.

«Due rette hanno sempre un punto in comune oppure

non ne hanno nessuno» gli ripetevo la sera al telefono, ma lui mi distraeva con un altro dei suoi giochetti inconcludenti.

«Prova a chiudere e a chiamarmi quando senti che ti penso» mi diceva. «Prova a dire solo "adesso" quando alzo la cornetta».

«Lascio tutto» l'ho avvisato una sera. «Ti raggiungo tra due settimane». Cristian è rimasto in silenzio come se non avesse capito o come se fosse caduta la linea.

«E il tuo lavoro, il cantiere? Non te ne importa più niente?» mi ha chiesto. Per un attimo ho temuto che si fosse abituato a fare a meno di me.

«Il cantiere sta marcendo» gli ho detto. «I cartelloni che mostrano come saremo sembrano l'anteprima di una bugia».

«Lù...» l'ho sentito frantumare il respiro come quando era molto emozionato «non sono sicuro che sia la decisione giusta, ma non vedo l'ora di poterti abbracciare davvero».

Ho lasciato l'istituto di mercoledì, mi è stata donata per l'occasione una copia della *Piccola enciclopedia della luce*. Per un attimo ho sentito che stavo per commettere un errore irreparabile – non sarei sopravvissuta a lungo senza preoccuparmi di trovare le frasi adatte a decifrare antiche raffigurazioni dell'Eden, grafici a torta dedicati ai dati più recenti sull'estinzione delle tigri, costellazioni fossili di trilobiti risalenti a quattrocentocinquanta milioni di anni fa. «Brava Ludo» mi dicevano sempre quando consegnavo i miei foglietti «come fai tu le didascalie non le fa nessuno». In effetti non esisteva un'altra mansione che avrei saputo svolgere con la stessa distaccata competenza che avevo acquisito nel corso degli anni; mi sarei di sicuro ammalata lentamente, in un modo quasi impercettibile, e alla fine sarei morta a letto come aveva rischiato di fare Morgana, senza che nessuno se ne accorgesse, semplicemente voltandomi dall'altra parte.

Nello specchio dell'ascensore, più che un oggetto solido, il mio corpo mi appariva come il risultato di ripetute sovrapposizioni, tentativi. Ho premuto i palmi delle mani sulla copertina del volume quasi per tenere i miei strati tutti insieme, lasciarli penetrare a fondo tra le pagine come si fa con certe foglie ancora fresche per conservarle intatte a distanza di secoli. Invece dalle fessure del gabbiotto di ferro mi sono rivista salire le scale il giorno del primo colloquio.

Era stato il professore a informare il dipartimento dell'annuncio "prestigioso" pubblicato da un suo vecchio conoscente, e Cristian l'aveva girato a me. Ci ero andata per sfidare la sorte, avevo scommesso che non mi avrebbero presa e alla fine avevo perso. Inge non faceva che assecondare mia madre, accendeva la tv non appena lei telefonava per avvisarci che stava iniziando l'ennesimo speciale dedicato alle conseguenze ingestibili della disoccupazione giovanile, e così avevo firmato un contratto di stage come se fosse la mia unica occasione per entrare in quello che i programmi di dibattito chiamavano il "mercato del lavoro". Fondamentalmente, un modo per assicurarmi un sostentamento a breve termine e pagarmi da mangiare.

Mi sono chiesta se non fosse ancora così. Poi le porte si sono aperte e l'ascensore mi ha restituita al piano zero per l'ultima volta.

Avevo imparato a partire sapendo che sarei tornata dopo pochi giorni, non sapevo come si partisse "per sempre". Avrei dovuto scegliere i vestiti in modo assoluto, avvolgere i libri in bolle di plastica sperando che questo sarebbe bastato a proteggerne le copertine anche nello sfortunato caso in cui fossero precipitati nell'acqua. Non ero sicura di poter sopravvivere a un biglietto di sola andata, ma in qualche modo mi sentivo al centro di un teorema di congruenza: io e Cristian saremmo tornati vicini e la nostra vita avrebbe ripreso a girare, ma *in un modo diverso*, scrivevo, più pieno, capace di tenere insieme *i nostri prima con tutti i nostri adesso*. Da quando avevo aperto la valigia avevo ripreso a dormire, ma non facevo che sognare gatti con la testa mozza che mi attendevano sullo zerbino.

Cristian mi chiedeva di Ombra, voleva sapere cos'avevo intenzione di fare. Io gli raccontavo di Morgana, di come l'avevo convinta a trasferirsi da mia madre con i gatti e coi bambini, del fatto che adesso la casa di pietra era un posto più sicuro.

«È un'idea stupida» mi diceva. «Avremmo fatto meglio ad abbandonarla». Gli chiedevo se stava scherzando. «Ragionando per assurdo» mi diceva. «Diosanto, è cieca, Lù, come fai a dimenticarlo».

Cercavo di tranquillizzarlo, ma ero io la prima a starci male. E adesso che guidavo per raggiungere la casa di pietra non facevo che pensare alla sera in cui l'avevamo trovata, ai batuffoli d'ovatta che le avevamo passato sugli occhi, all'attenzione che malgrado tutto ci aveva sempre riservato. Ombra se ne stava rannicchiata in fondo al trasportino che avevo sistemato sul sedile a fianco al mio, a ogni buca emetteva un sottile lamento. Più la strada diventava stretta più mi sembrava di averla tradita. «Siamo quasi arrivate» le promettevo. «Vedrai che andrà bene». Adesso, tra le lacrime, mi accorgevo di parlarle come fosse una persona.

Non vedevo più niente, e azionare il bocchettone dell'aria fredda per spannare il parabrezza non serviva a rendere più nitidi i reticoli di rami spogli tesi sull'asfalto e ricoperti di brina. La strada era completamente sgretolata, ho rallentato per evitare di bucare o restare invischiata nel fango. Ormai pioveva tutti i giorni da una settimana – «Persino raccogliere i broccoli è diventata un'impresa» mi aveva avvisato mia madre.

In fondo al sentiero sterrato che portava al cancello i cespugli di malva avevano infestato larghe zolle di terreno, oltre gli spuntoni di ferro la verbena aveva ricoperto gli interstizi tra le grosse mattonelle di graniglia. Morgana mi aspettava davanti al vialetto – addosso una mia vecchia felpa di quando ancora andavo a scuola, ai piedi le ganasce di mio padre, i capelli arruffati in un codino. Ho aspettato che mi aprisse abbagliata dal candore che dopo i temporali sbatte sul dorso di tutte le cose. Armeggiava col lucchetto canticchiando una canzone. «State zitti!» si è interrotta a un certo punto rivolgendosi ai bambini. «Finalmente sei arrivata».

Il suo volto era disteso e forse non l'avevo mai vista sorridere così. C'era voluto del tempo per convincerla a trasferirsi in quella casa, per convincere mia madre che non ce l'avrebbe fatta ancora a lungo a gestire da sola l'orto e tutto quel giardino. Erano mesi che sosteneva che mio padre fosse sulla via del ritorno, ma lui ci mandava notizie sempre meno frequenti. *Sono stanco*, aveva scritto in un messaggio quando aveva raggiunto l'Alaska, *ma sarebbe una follia tornare indietro proprio adesso.*

I figli di Morgana si rincorrevano intorno allo stagno. Alan, il secondo, scappava alzando al cielo le mani unite a trattenere qualcosa.

«Dammela!» strillava Alice, la più piccola.

«Che cos'è?» ho chiesto.

«Una rana in letargo» ha detto Anita, la maggiore. «Devi rimetterla subito dove l'hai trovata o morirà» ha ordinato al fratello.

«Perché le rane dormono? Che vuol dire letargo? Perché gli animali muoiono?» ha iniziato a chiedere Alan.

Mia madre è uscita con addosso il cappotto pesante, ha iniziato a rovesciare i croccantini nelle vaschette di plastica sistemate a terra sotto il porticato. I gatti sono comparsi all'improvviso – alcuni bianchi, alcuni a chiazze, altri completamente neri, giallastri o con le strisce grigie. Li abbiamo visti scendere dalla grondaia, sbucare da sotto i rovi di rosa canina, saltare giù dai rami intrecciati dei prugni ancora spogli.

«Sono sempre più quanti questi gatti» ha gridato Alice.

«Si dice tanti, non quanti» ha detto Alan infastidito.

Ombra grattava le unghie contro le pareti di plastica, la

gabbietta ha cominciato a oscillare. «Dammela» l'ha presa Morgana «adesso le troviamo un posticino».

Mia madre ci è venuta incontro ripulendosi le mani su un grembiule con un gallo disegnato sopra. «Venite con me» ha detto facendoci strada.

Nel capanno degli attrezzi la luce entrava fioca dall'unica finestra stretta, illuminava i resti di un passato estraneo e familiare. Valigie e scatole, soprattutto. Un tavolino senza una gamba e il vecchio telescopio che ogni tanto mio padre usava ancora. Ombra è rimasta ferma sul ciglio del trasportino, poi è strisciata fuori con la coda che tremava, si è infilata sotto il vecchio comò che mio padre aveva costruito l'anno che me n'ero andata – un mobile di legno che alla fine era rimasto sverniciato; tanto profondo che non riuscivo a raggiungerla infilandoci sotto una mano.

«Mi senti *draga-sjena*?» l'ho chiamata come se a chiamarla fosse Cristian. Ombra è rimasta sul fondo, non si è avvicinata. Con la faccia a terra cercavo di intuirne i contorni in quello spazio nero. Ho fatto un piccolo fischio ma lei non ha emesso suoni, non si è mossa. La mia gola si è ristretta e si è indurita, ha iniziato a farmi male.

«Lasciala e basta, non ci pensare» ha detto Morgana, con un cenno mi ha invitata a seguirla fuori.

I raggi del sole filtravano tra le nuvole affusolate e basse che annunciavano la fine di ottobre. Mi ha mostrato il recinto con cui aveva circondato il giardino. «Finché sanno che il cibo è qui, difficilmente si allontaneranno» mi ha rassicurata. «Una colonia ti garantisce un senso di orientamento diverso». Ho voluto crederle, e mi sono resa conto che praticamente il suo singhiozzo era sparito.

Non avrei dimenticato la telefonata che mi aveva fatto sua sorella per informarmi che si era avvelenata con un detersivo per i vetri. Continuava a rivolgermi frasi sconnesse e repentine sottovoce – «Siamo tutti all'hotel Capri», «Devi aiutarmi con i bambini», «Dimmi che puoi venire subito perché io tra poco devo andare» – mi parlava come se ci conoscessimo da sempre e invece non l'avevo neanche mai incontrata. «Vostra madre è impazzita» l'avevo sentita stroncare sul nascere l'interrogatorio dei bambini quando ero entrata nella hall. Morgana ci era sfilata davanti poco dopo distesa su una barella in preda alle convulsioni, poi l'ambulanza l'aveva portata via.

Eravamo rimasti a guardarla svuotare i flaconi nel tombino del parcheggio quando al pronto soccorso l'avevano dimessa. «Non mi avranno più, non mi avranno mai» aveva promesso incrociando le dita e portandole al cuore. I bambini, l'uno dopo l'altro, erano scoppiati a piangere.

Mia madre ci è venuta incontro, tra le mani qualcosa che teneva avvolto nel grembiule. «Stiamo entrando nello Scorpione» ha detto. «Una valle popolata di cinghiali a confronto è una passeggiata». Ha fatto scivolare la stoffa avanti e indietro sul coperchio della scatola di latta come a rimuovere uno strato di polvere. «Tieni» ha allungato le braccia.

La scatola era sempre dello stesso colore, un verde a metà tra la salvia e l'acqua sporca, la scritta in rilievo aveva perso quasi del tutto la sua laccatura. Ho sollevato il coperchio, di poco. Il profumo dell'ottone mi ha fermato il respiro, gli orologi erano ancora tutti lì.

«Che cos'è?». Morgana fissava con insistenza la scritta screpolata sul coperchio, per un attimo ho pensato che desiderasse possederla solo per il gusto di buttarla nella spazzatura. Sul volto di mia madre è comparsa quella smorfia che faceva sempre per lasciare intendere che alla fine avrei potuto anche non essere sua figlia.

«Niente» ho detto io. «Cianfrusaglie». Ho richiuso il coperchio in preda a un sopraggiunto istinto di conservazione.

Allora Morgana mi è venuta più vicina, mi ha spostato i capelli dal viso portandolo a favore di luce come per controllare che non avessi qualcosa di strano alla radice del naso o tra le sopracciglia. «Che begli occhi che hai» mi ha detto. «Sono grigi, non l'avevo notato».

ORE DOPPIE

Sono arrivata a Londra un pomeriggio di novembre ed è stata la prima volta che ci sono arrivata di giorno. Oltre i vetri dello shuttle, lungo le linee gialle che segnavano la strada per lasciare l'aeroporto e raggiungere i binari, mi trascinavo dietro la valigia con le ruote che avevo giurato a Cristian avrei riempito di cose essenziali. Sulla banchina il treno era già fermo e stava per partire, sono salita in fretta senza la certezza che fosse veramente quello giusto. Più di una volta mi sono persa a cercare sulla mappa disegnata in alto una parola familiare ma solo quando ha iniziato a piovere mi sono liberata dal pensiero di aver sbagliato strada. Le case bianche e tutte uguali che avevo visto dall'alto prima di atterrare ora mi sfilavano davanti incorniciate dai finestrini, una fermata dopo l'altra dal mio sguardo evaporava il luccichio del mare che mi aveva sorpresa al decollo, uno specchio abbagliante e inclinato, dentro cui mi ero vista diventare lontanissima.

Cristian mi è venuto incontro sulla salita della stazione di East Croydon – i pantaloni zuppi fino alle ginocchia, la pioggia che gli gocciolava intorno agli occhi dal cappuccio del giaccone militare; mi ha posato le labbra sulla bocca e mi ha stretta a sé, mi ha allontanata di nuovo come per riuscire a vedermi.

«Diosanto, Lù» mi ha spinto contro il petto un bouquet di crisantemi dai boccioli ancora chiusi. Aveva fatto tardi, ed era come se i suoi contorni si fossero spostati. Gli toccavo le orecchie, i capelli, aveva di nuovo la barba lunga – «E tu chi sei?» gli ho sollevato il collo della camicia. Lui pensava scherzassi, infatti ha sorriso. Invece era diverso da come avevo continuato a immaginarlo, mi sembrava che i nostri corpi non si fossero mai avvicinati.

La città era un susseguirsi di bagliori fluorescenti che si andavano a schiantare sopra al grigio, sotto il cielo bianco carta la valigia rotolava inciampando nelle imprecisioni della strada, si lasciava dietro uno strascico di boati. Cristian mi camminava accanto, una mano in tasca, nell'altra il bouquet di boccioli. Di tanto in tanto si sbilanciava verso di me, si spingeva sotto l'ombrello che tenevo in equilibrio sulla testa per rifilarmi un bacio ghiacciato. *Mi manca il tuo profumo quando andiamo al mare*, avrei voluto dirgli, invece non ho detto niente. Davanti al caos dei semafori multipli, alle scintille dei tram, alla signora nera dal vestito sgargiante che mi gridava in faccia che dio mi amava e sarebbe venuto a salvarmi, il nostro passato era un blocco uniforme che iniziava a sembrarmi irreale. Come se tutte le viti che avevamo perso sotto agli scaffali o in fondo ai cassetti non ci riguardassero più, come se all'improvviso le spiagge assolate che ci avevano cresciuti fossero il riverbero sbiadito di un sogno.

Adesso il fumo ci scappava denso dalle bocche, una pioggia sottile ci annaffiava le guance sospinta dagli schiaffi del vento. Il mio ombrello è durato poco, si è capovolto al terzo incrocio e poi si è rotto. Cristian è rimasto a guardarmi con gli occhi stretti e i capelli fradici mentre lo buttavo in un cassonetto. «Te l'avevo detto». Mi ha poggiato una mano sulla testa. «Qui non serve a niente».

Nelle pause ai semafori, sulle banchine dei tram, Cristian mi toccava la punta del naso o i capelli, come se non fossero veri. «Diosanto» mi diceva «non posso credere che tu l'abbia fatto sul serio». All'inizio pensava che fosse un gesto impulsivo, un colpo di testa. Invece avevo dato via i nostri vecchi vestiti sistemandoli alla rinfusa dentro sacchi di plastica neri e avevo venduto la macchina. Avevo incollato un cartello vicino al citofono e ci avevo attaccato sotto la foto del giardino. Lo *scoubidou* con le chiavi adesso ce l'aveva l'agenzia, al momento nessuno era interessato a trasferirsi in un cantiere "permanente", ma non appena qualcuno ne avesse avuto "l'intenzione concreta" si sarebbero occupati di portare via i mobili che non ero riuscita a vendere.

«Dovresti» gli ho detto. Cristian ha scosso la testa come faceva sempre quando era costretto ad ammettere che avevo ragione, ha preso la valigia e ha accelerato il passo. L'ho raggiunto e l'ho baciato come non facevo da troppo tempo, stringendo forte le mie braccia intorno alle sue spalle, quasi i nostri corpi avessero potuto entrarsi dentro, diventare una cosa sola. «Quanto mi sei mancato» gli ho spettinato i capelli, l'aveva sempre detestato ma adesso non me ne importava niente, pensare che avremmo dormito nello stesso letto mi faceva sentire leggera.

Di giorno la città sembrava un posto diverso, ma in Shoreline Road la strada era sempre in salita, e la porta d'ingresso al 74B era sempre dello stesso colore, il verde spento di uno smeraldo guardato dal fondo di una bottiglia. Mi sono fermata a cercare le bruciature di sigaretta sulla moquette delle scale strette e ripide che portavano in soffitta, le macchie dei caffè annacquati che ci erano caduti sopra chissà quanti anni prima.

«Questo sarebbe il peso dell'essenziale?». Cristian si è trascinato la valigia fino in cima e ha aperto la porta con una spallata.

La stanza era come la ricordavo, un ambiente unico con un piccolo bagno senza finestre, la doccia accanto al cucinino. Per terra c'era ancora il vecchio materasso e le pareti erano piene di screpolature lasciate dall'intonaco che era venuto via a pezzi, ma su quella di fronte alla finestra era comparsa una figura molto grande disegnata a mano con un pennarello.

«L'hai fatta tu?» gli ho domandato un po' stupita davanti a quel viluppo di strutture elicoidali.

«Non farci caso» Cristian si è sfilato il giaccone. «Avevo bisogno di spazio e ho usato il muro» ha incastrato la valigia nell'angolo in cui il soffitto diventava più basso.

Mi è tornato in mente il modo in cui Inge riempiva le pareti di acquerelli e specchi piccoli, stampe tipografiche e dipinti originali acquistati alle bancarelle della domenica, per un attimo mi è sembrato che se ero viva lo dovevo a lei, alla sua voce e alle canzoni che cantava. Con la punta delle dita ho seguito le curve della figura che Cristian aveva disegnato, ho continuato sullo stand appendiabiti fino al davanzale della piccola finestra che affacciava sul ristorante al piano di sotto, una bettola popolata da vecchi vedovi che serviva tutto il giorno anguille al forno e patate frullate. Nello spazio tra i doppi vetri erano ancora incastrati piccolissimi insetti capaci di dissolversi con la condensa, l'ultima volta prima di partire ero rimasta a fissarli per non so quanto mentre piangevo. Ho spannato il vetro col polsino del maglione, erano ancora tutti lì.

Cristian mi ha raggiunta, mi ha poggiato il mento sulla spalla come faceva sempre quando voleva scusarsi e mi ha abbracciata. «Mi dispiace Lù» ha detto. «Questo posto fa schifo».

Da quando avevamo iniziato a cercare una casa mi capitava spesso di sentire le ore scorrere al contrario nei nostri corpi che si toccavano sempre più stanchi ai semafori o dentro il letto di notte. Come se i nostri gesti presenti potessero anticipare le azioni passate, in una scia che procedeva a ritroso, si fermava nei giorni più caldi, quelli in cui eravamo stati felici. Nella realtà faceva freddo e camminavamo sempre, le sirene della polizia erano un sottofondo costante. *Tutto si muove di un moto antiorario*, scrivevo sul primo quaderno accanto a due segmenti tratteggiati, *quello che ci manca è dove stiamo andando?*

Il ghiaccio ricopriva i marciapiedi, seguiva i binari del tram che si allontanavano via dal chiasso dell'High Street per inoltrarsi nei sobborghi di casette a schiera. A ogni incrocio Cristian si fermava e mi tirava a sé. «Sinistra» mi diceva per ricordarmi dove dovevo guardare, poi tornava a stringermi la mano. Lo chiamava "un posto più largo per ricominciare", ma le case erano sempre troppo piccole e i prezzi più alti di quello che speravamo. Avevamo percorso chilometri. Il vento s'infilava tra i grattacieli e veniva a tagliarci la faccia, il dolore si annidava nelle ossa sotto forma di fitte sottili che tornavano a morderci di notte. Dormivamo con le mani intrecciate, le fronti vicine, i capelli rischiarati dai barlumi delle insegne di fuori. Io facevo spesso lo stesso sogno, sognavo mio padre. Se ne stava sdraiato sotto il fascio di luce di una lampada scialitica, un gruppetto di chirurghi lo accerchiava. Finché uno di loro gli estraeva qualcosa dal petto e lo tirava via con una pinzetta. «La lancetta dei secondi si è staccata» avvisava i colleghi, mi svegliavo sempre nello stesso punto.

La valigia era un buco nero, potevo infilarci la mano e pescare a caso, ma il più delle volte ci trovavo cose che non ricordavo di aver portato – tre matite senza più la punta, cinque orecchini spaiati, il pesciolino d'argento che un'estate mi aveva regalato Cristian e per caso una mattina avevo salvato dal precipitare nel foro del lavello. Quelle che cercavo invece non c'erano mai. E mi sembrava incredibile – per mesi avevo immaginato di riprendermi quella che chiamavo "la mia vita" e invece adesso di quella vita mi tornavano indietro solo i vestiti che non mi stavano più, le cianfrusaglie che mi avevano inseguita. Forse aveva ragione Inge quando mi avvertiva che le cose ci appaiono spesso al contrario di come le pensiamo. Del resto anch'io, la prima volta che mi ero vista nella specchiera della sua camera da letto, ero rimasta ammutolita da quel ribaltamento.

Cristian mi guardava masticare con le gambe incrociate sul materasso spicchi di pizza dagli impasti sempre troppo zuccherati. «A volte giri gli occhi e non so dove vai» mi diceva. Gli rispondevo sempre: «Da nessuna parte», invece certe sere mi sorprendevo a sperare che Ombra potesse venire a trovarci, che si materializzasse sulla soglia pronta a rivolgerci il suo sguardo ultraterreno che ci sapeva curare. Tra le pieghe delle lenzuola restavo a fissare le punte dei tralicci che la luce della strada proiettava sul soffitto come se potesse innescare un principio di teletrasporto.

«Ci sei?». Cristian mi passava una mano davanti agli occhi, lentamente, destra sinistra.

«Non avrei mai immaginato di potermi sentire così in questa città» gli dicevo.

Lui sospirava: «Così come?». Piegava il cuscino in due e se lo sistemava sotto la nuca.

«In una vita inventata, che però esiste davvero, ti capita mai?». Allora mi poggiava l'indice al centro della fronte e lo spingeva piano, più volte, tra le sopracciglia. Una leggera pressione, come a forzare un tasto RESET che non voleva saperne di funzionare.

A gennaio il progetto che gli avevano affidato aveva iniziato a mostrare i primi risultati, Cristian tornava sempre più tardi e così avevamo rimandato la ricerca di un appartamento a un momento "più tranquillo".

Avevo preso l'abitudine di uscire, quella soffitta era uno spazio troppo stretto per restarci sveglia più di due ore. Pranzavo da Joe, il ristorante al piano di sotto, seduta tra i vedovi perennemente concentrati a guardare fuori dalla vetrata cosparsa di impronte digitali. Ingoiavo i miei pezzi di anguilla e le patate schiacciate con la perseveranza che si riserva alle medicine, uscivo sempre dopo aver lasciato i soldi sul tavolo. Di solito raggiungevo a piedi la stazione e salivo su un treno a caso, mi ero convinta che mi avrebbe aiutata a ritrovare un senso dell'orientamento. In quel periodo mi pareva di non sapere mai davvero dove stessi poggiando i piedi, come se la mia vita fosse un concetto espresso male, una linea tracciata a matita che senza preavviso a un certo punto era rimasta spezzata. Non avevo più scadenze da rispettare né aerei da prendere, e ogni volta che un annuncio di lavoro mi capitava davanti, attaccato a una vetrina o sul retro di un giornale, mi sentivo scoppiare la testa, le mie ossa iniziavano a produrre dolorosi scricchiolii e il mio corpo diventava un guscio rigido che mi strizzava le viscere impedendomi di respirare. Mi sembrava impossibile che in quella città avrei potuto anche solo combinare qualcosa, e alla fine mi ero convinta che i pochi risparmi che negli anni ero riuscita a mettermi da parte all'istituto sarebbero durati all'infinito.

Sui cartelloni delle partenze, in cima alle banchine, gli orologi segnavano sempre le cinque e cinque, le tre e tre, le sette e sette. Non riuscivo più a distogliermi da quei raddoppiamenti. Mi sembrava che l'universo mi inviasse dei messaggi, e allo stesso tempo rintracciarne un'intenzione mi faceva sentire la versione ridicola di mia madre. *Se A e B sono due punti coincidenti*, scrivevo sul quaderno che mi portavo sempre dietro, *andrà verificata la corrispondenza tra le loro proiezioni.* Dai finestrini dei treni le case erano un nastro scorrevole di mattoncini e tetti a punta, comignoli stretti e *backyards* tutti in fila; un cumulo di sedie impilate e attrezzi arrugginiti, panni appesi e vecchi annaffiatoi lasciati sull'erba alla rinfusa come per una sopraggiunta calamità. C'era sempre la mia bocca in quei giardini, un pezzo del mio naso, gli occhi invece non li trovavo mai, la luce lattea che sbatteva sui binari li cancellava prima. E poteva capitare che un ragazzo nero in ciabatte e calzettoni mi rivolgesse il broncio, o che una signora dalla gonna a fiori si scusasse per aver occupato il posto accanto al mio con una borsa ingombrante. Ma la maggior parte delle volte era come se non fossi lì – la ragazza bionda seduta davanti a me scoppiava a piangere di punto in bianco, un gruppo di atleti muniti di radio si esercitava appendendosi ai corrimano, il signore col cappello iniziava a cantare una vecchia canzone dondolando il bastone e io pensavo sempre la stessa cosa: *tra due minuti saltiamo tutti in aria.* Capivo poco di quello che diceva la gente e la gente non capiva molto di me quando chiedevo un'indicazione o avevo un dubbio sugli orari delle partenze. La lingua che avevo studiato a scuola era un'altra, fatta di parole che iniziavano e finivano, qui nessuna parola iniziava e nessuna finiva, andavano tutti di fretta e nessuno si sarebbe messo a scrivere sul mio quaderno per farmi vedere che forma avesse una frase. In ogni caso dovunque scendessi c'era sempre un negozio dell'usato. Così, il più delle volte, andavo a cercare un vestito. Ne provavo anche venti, chiusa nello stesso camerino – la commessa che da fuori mi chiamava, «*Are you ok?*». «Bene grazie» rispondevo sempre in italiano. *Chissà di chi era questo*, mi chiedevo infilandone uno. Chissà quante gambe ci sono entrate, per quali strade lo hanno trascinato, se è stato indossato una volta soltanto o se era il vestito preferito di qualcuno che aveva bisogno di un vestito preferito da indossare quando era molto triste e la sera lo metteva su una sedia ad aspettare che la tristezza tornasse – «Perché la tristezza fa così, torna» avevo sentito dire diverse volte a mio padre. *Cancellami il passato, riavvia la mia persona e fammi ripartire daccapo*, pensavo appena la commessa mi rivolgeva il suo automatico: «*How can I help?*». Invece mi ricordavo di mia madre che contava i gradini che portavano alla nostra prima casa. «Conta» mi diceva. «Contare aiuta». Mia madre contava tutto. Le nostre scarpe, le posate e i bicchieri. La pasta al burro che mangiavamo in silenzio e i minuti che servivano ai reagenti per lavare i negativi con le nostre immagini rimpicciolite e capovolte che l'una dopo l'altra sarebbero sparite. Era sempre così che iniziavo a contare i vestiti che mi ero già provata e quelli ancora da provare. Ne infilavo un altro, odorava di sudore e naftalina, lo lasciavo scendere in vita, mi allenavo a guardarmi come se mi vedessi per la prima volta. «Prendo questo» dicevo alla cassa, rovesciavo dalle tasche del cappotto la marea di monetine e banconote di cui faticavo a memorizzare ordini e grandezze. Poi me ne andavo, pensavo: *Chissà se me lo metto mai*, ma alla fine mi importava solo di raggiungere il fiume, continuare a camminare senza sapere se sarei arrivata dall'altra parte.

Sempre più spesso, nei tragitti lungo i ponti di ferro, tra la folla delle strade commerciali, mi capitava di avvistare espressioni familiari sulle facce della gente – il modo in cui Inge arricciava le labbra quando m'insegnava a truccarmi le ciglia, le righe sulla fronte di mio padre mentre mi spiegava come fanno le lancette delle ore ad andare più lente. Più avanzavo verso il magma eterogeneo di braccia e di gambe che mi veniva incontro, più mi rendevo conto dell'insignificanza dei nostri volti, della loro riproducibilità. Non eravamo speciali, eravamo semplicemente nati. Mentre mi facevo spazio in quell'intrico di traiettorie spaiate, mi capitava spesso di pensarmi con un altro nome – oggi ero Miriam, lavoravo in banca e vincevo sempre le scommesse; domani ero Susan, avevo un diploma al conservatorio e suonavo Bach la sera prima di dormire. In mezzo a quel fluire di esistenze mi preparavo a diventare un ologramma – potevo anche essere A e sostenere di essere C, chiunque mi avrebbe creduto. Ma non era questo il punto, il punto era che a nessuno importava davvero.

Un giorno dopo l'altro, si faceva strada dentro di me un movimento ostinato che mi afferrava le caviglie e mi trascinava in avanti, in una direzione opposta a quella che ero stata. Più quella che chiamavo "la mia vita" si allontanava dall'idea che ne avevo conservato, più avevo l'impressione di avvicinarmi a qualcosa di diverso, che ancora non sapevo immaginare. Mi lasciavo trascinare dalla folla sulle scale delle grandi biblioteche, in mezzo al fumo dei ristoranti e tra i tavoli delle caffetterie sui marciapiedi. Di tanto in tanto mi fermavo ad ammirare gli origami che pendevano dai soffitti delle cartolerie, i viluppi dell'edera che si arrampicava sui muri e intorno ai portoncini delle case. Non potevo fare a meno di guardare nei bovindi che affacciavano sui vialetti che percorrevo a piedi, dentro le torri di vetro affastellate sui binari dei treni che mi portavano a casa. Nelle mie fantasie, quelle stanze trasparenti erano il preludio di un futuro imminente. Dentro quelle cucine, nelle sale da pranzo con la televisione e un abat-jour sempre acceso, c'eravamo io e Cristian. Una volta appendevamo un puzzle di quadri sulla testiera del letto di un appartamento ipermoderno, un'altra rientravamo in una casa dal tetto a punta con gli stivali sporchi di fango insieme a quello che sarebbe stato il nostro cane. Più le immagini diventavano distanti, più mi convincevo che non c'era niente da ricominciare o da riavere indietro, quella città ci stava offrendo una seconda vita.

«Devo essere finita molto a Nord» ho detto a Cristian guardandomi intorno dalla cabina telefonica della stazione di Harringay la prima volta che sono salita sul treno sbagliato. Non c'era più gente in ciabatte ma ero stata circondata da gruppi di signori con la barba folta e grossi cappelli neri. Il sole era appena tramontato, e potevo intravedere in lontananza le guglie illuminate dei grattacieli. A guardarlo da lì, l'universo era un sistema ordinato e preciso, i contorni delle nuvole in risalto mi sembravano indizi di un processo che mi avrebbe condotta inequivocabilmente da qualche parte.

Cristian è arrivato a bordo di un taxi color caramello, l'ho visto bussare con le nocche sul vetro.

«Sei un disastro» mi ha detto appena sono entrata, mi sono abbandonata accanto a lui sul sedile posteriore. Ha strappato un pezzo dall'hamburger fumante che teneva sui pantaloni avvolto in una busta di carta e me lo ha infilato in bocca, l'abitacolo è stato invaso dall'odore dolciastro che fa la carne quando incontra i sottaceti. Ho ingoiato senza quasi masticare. Cristian me ne ha infilato in bocca un altro pezzo, nella foga per sbaglio gli ho morso un dito.

«Scusa». Ho tentato di liberarmi la bocca dal condimento in eccesso lasciando cadere una goccia di ketchup.

Cristian è rimasto a osservare il vestito macchiato – un abito usato dai bottoni in madreperla che avevo appena comprato insieme a un vecchio golfino con un buco sulla spalla destra. «Ho sete» gli ho detto per rompere quell'attenzione, odiavo quando mi guardava così, mi faceva sentire imbranata.

La pioggia è arrivata come al solito, senza avvisare, ticchettava sui vetri dei finestrini e imbeveva il cielo di luci a forma di stella. Siamo rimasti zitti a fissare tutte quelle striature senza inizio né fine, prospettive sopraelevate circondate da uno sfondo nero. Cristian mi disegnava dei cerchietti sulle gambe, si fermava, poi ricominciava. A ogni tocco perdevo un grammo di nostalgia. Parlavamo sempre meno della nostra vita di prima, come se non fosse importante o non fosse esistita. Più passavano le settimane, più il cantiere diventava lontano, rimpiccioliva, finché non era sparito dalle nostre conversazioni.

«Ci può lasciare qui» ha detto Cristian quando il taxi ha superato la fermata del tram. L'ho guardato stranita, mancava almeno un chilometro per arrivare a casa ma lui si è portato un dito alle labbra, mi ha fatto cenno di non parlare come se in gioco ci fosse un segreto. Quando il taxi se n'è andato l'ho visto affrettare il passo, ma i miei stivali erano troppo stretti per stargli dietro. L'ho sentito gridare qualcosa a proposito di una gara che non avevamo concordato, poi è sparito tra le insegne delle pizze da asporto e i kebab.

Dieci minuti dopo affondavo gli stivali nel tappeto a fantasia del locale dove a quanto pare Cristian andava a ricompensarsi a fine giornata, un vecchio pub dalle pareti rivestite da centinaia di litografie di aragoste turchesi.

«Sei buffa» mi ha detto quando l'ho raggiunto. La pioggia mi aveva incollato i capelli intorno alle orecchie e il golfino era una spugna da strizzare, mi ha spinto un dito sul naso come faceva sempre quando mi prendeva in giro.

«Hai detto tu che avevi sete, no?» mi ha passato una pinta di birra tiepida e senza bollicine. Devo avergli detto che era stata un'idea stupida appena prima di iniziare a bere, e non sapevo di poterlo fare così velocemente, ma senza neanche accorgermene in un sorso ho finito il bicchiere. «Ok» ha detto Cristian scoppiando a ridere «allora *cheers*».

Non saprei dire quante ne abbiamo bevute dopo, ma la traiettoria che portava a casa era una giostra di riflessi che mi duplicava i passi. Avevo abbandonato gli stivali dentro il cimitero di una chiesa e adesso facevo lo slalom tra le aiuole e i lampioni, standо attenta a non precipitare tra i giardini di narcisi. Cristian procedeva a rilento, inerpicandosi in discorsi senza senso sulla sete e sugli ombrelli che avevano la pretesa di risultare scientifici. «Puoi fare più in fretta?» mi sono voltata a chiamarlo, dovevo fare la pipì e faceva un freddo cane. La pioggia continuava a starci intorno nebulosa e leggera, più che un vestito avevo addosso una buccia. «Che senso ha? Siamo già tutti bagnati». Cristian ha sfilato le mani dalle tasche del giaccone facendo spallucce. Solo quando mi ha raggiunta si è accorto che stavo tremando. «Diosanto, Lù» si è affrettato a cercare le chiavi.

Le scale sapevano di anguilla fritta e patate bollite, la luce della strada entrava da una piccola finestra in alto e andava a spezzettarsi sui gradini. Li abbiamo percorsi barcollando, i miei piedi in equilibrio tra le bruciature della moquette, le mani di Cristian impegnate a sfilarmi il golfino. Ci muovevamo piano, l'uno aggrappato all'altra, in una catena di sequenze che ci imponeva di procedere passo per passo, dove il vestito era una soglia sempre più sottile tra il mio ombelico e Cristian, le mie spalle e i muri stretti della scalinata. Potevo ancora sentire l'odore di chi l'aveva indossato prima, mi è bastato quel segnale per convincermi di essere una sconosciuta; *anche Cristian, ne sono certa, adesso mi vede così*, mi sono detta quando mi ha coperto gli occhi con le dita.

«Fidati» mi guidava in penombra, tra gli spigoli della soffitta. «Adesso puoi guardare». Davanti ai miei occhi ha preso forma una costellazione di lucine. Lanterne di carta, ognuna di un colore diverso, appese a fili che si andavano a intrecciare al centro della stanza.

«Benvenuta» ha detto Cristian. «Era già da un po' che lo volevo fare». L'ho baciato sulla bocca e ho sentito il mio palato farsi vuoto, come quando un sapore finisce per lasciare spazio a un gusto nuovo.

Nella doccia tutto è diventato più liscio, le parole ci sfuggivano insieme ai bottoni. Ho iniziato a scongelare sotto l'acqua tiepida mentre Cristian cercava di sfilarmi il vestito. Se chiudo gli occhi sento ancora le sue labbra sulle cuciture, il suo corpo che sbatteva contro quella mia seconda pelle. Mi nuotava dentro e a me sembrava di annegare, nel vapore non riuscivo più a distinguere il confine tra le pause del suo fiato e le mie aritmie.

Sempre più spesso mi capitava di pensare ai nostri corpi come a fasci di curve, figure aumentate. Cristian non era più il ragazzo che mi accarezzava i capelli di notte per farmi dormire. Quando tornava non aveva molta voglia di parlare. «Sono stanco», mi prendeva per mano, mi portava un'altra volta nella doccia. Lo sentivo allontanarsi non appena mi veniva incontro, come se i passi che lo portavano da me gli fossero serviti a diventare qualcun altro. *Tra A e B e C e D passano gli stessi punti*, avevo scritto sull'ultima pagina del primo quaderno, *ma questo non vuol dire che sia la stessa cosa* – l'avevo richiuso e l'avevo infilato in borsa con l'intenzione di impararlo a memoria. Doccia dopo doccia ci stavamo trasformando in qualcos'altro.

Le mie emicranie non tornavano da mesi, mi ero convinta che fosse il segno che si può vivere una vita alla volta. Compravo scarpe comode, stivaletti in gomma e sneakers imbottite di gel con cui mi sembrava di galleggiare sull'asfalto. WATERLOO, RICHMOND, HOXTON, GREEN PARK, leggevo sui cartelli di stazioni e metropolitane. Passavo il tempo a rintracciare gli scoiattoli tra i rami, fermandomi di tanto in tanto a fissare le volpi che a loro volta mi fissavano ferme in fondo ai vicoli o sopra i tetti delle case. La mescolanza di linguaggi che mi camminava intorno aveva la capacità di mettere a tacere i miei tormenti, era come nuotare in un liquido amniotico, lasciarsi contenere da uno spazio denso. In qualche mese mi ero fatta un'idea di quello che poteva essere l'inverno, avevo capito a cosa servivano i pub e i bicchieroni di carta pieni di tè nero. Avevo imparato a svegliarmi presto e a mangiare prima e ogni tanto, quando ero sicura che nessuno mi guardasse, facevo quello che in tempi non sospetti avevo imparato a fare: giravo su me stessa molte volte e senza cadere. A Brixton, a Clapham, nel cuore di Hyde Park. Davanti alle vetrine di Belgravia e nei mercati di Brick Lane. Un piede dietro l'altro, finché i colori non si mischiavano diventando un paesaggio compatto. E questo compensava la fatica di dover ripartire da zero, accettare il fatto che per quella città, alla fine dei conti, potevo anche non essere nata.

Volevo imparare a parlare come parlavano tutti, come parlava Cristian quando ripeteva i suoi discorsi per il centro di ricerca. *Come on*, *move forward*, *starting over*, scrivevo a matita sul secondo quaderno le mie nuove parole, le ripassavo con la penna a sfera. Più le imparavo a memoria, le ripetevo a Cristian nel letto la sera, più lui mi disegnava con le dita sulla schiena sequenze di lettere e piccoli segni a forma d'uncino. *Hajde*, *nastavi*, *počevši ispočetka*, traduceva.

«Per te dev'essere più facile» gli dicevo. «Hai imparato due lingue da bambino». Cristian cambiava discorso appena finivamo per parlare di sua madre o di quando avevano lasciato Sarajevo. La sua infanzia era rimasta un continente inaccessibile, ogni volta che avevo provato a saperne di più su quella che era stata la sua vita prima di arrivare in Italia era diventato intrattabile. «Lù» cominciava a sbuffare «ero talmente piccolo che non mi ricordo niente».

Di notte lo osservavo ripassare a matita la struttura che aveva disegnato sul muro, camminare per la soffitta con addosso un pullover al posto del pigiama. Era sempre l'alba quando usciva. «Non ti perdere oggi, *mala-vještica*» veniva a darmi un bacio sulla testa e mi svegliava. Ci mettevo sempre un po' per realizzare che non eravamo più nel nostro vecchio letto. E quando lo capivo mi sembrava di trovarmi intrappolata in una sorta d'incantesimo del tempo, dove il sole non esiste e gli orologi hanno smesso di funzionare.

Una mattina mi sono svegliata prima di lui, ho raggiunto la valigia che era rimasta aperta sul pavimento come una casa senza tetto, ho infilato la mano nel garbuglio di strati e ho tirato fuori la scatola.

«Che fai» mi ha chiamata Cristian con la voce incupita dal sonno.

«Voglio farti vedere una cosa». Ho aperto la scatola e sono tornata verso di lui.

Ho iniziato a mostrargli gli orologi, uno alla volta, sollevandoli verso la luce violetta che proveniva da fuori.

«Non sono bellissimi?» facevo ruotare le lancette in senso orario, poi antiorario. Cristian ne ha preso uno con la cassa rotonda, lo sfondo ingiallito – faceva scorrere le dita sul quadrante, lungo le crepe del cinturino.

«È fermo» ha detto dopo averlo avvicinato all'orecchio.

«È rotto» gli ho sorriso. Cristian lo ha posato di nuovo dentro la scatola e si è bloccato a fissarmi come gli succedeva spesso in quel periodo, senza sbattere le ciglia.

«A volte vorrei che potessimo andare avanti e tornare indietro contemporaneamente, ti capita mai?» gli ho domandato.

Allora mi ha fatto una carezza sulla guancia, con il dorso della mano. «Lù» mi ha detto «prima o poi dovrai trovarti un lavoro, vedrai che ti aiuterà».

Joe, il proprietario del ristorante al piano di sotto, un uomo alto e dinoccolato con una peluria disomogenea intorno all'ovale del viso, mi aveva spiegato che, a qualche isolato da lì, l'amico di un suo conoscente aveva messo in affitto una stanza in un appartamento *not too bad*, aveva scritto a penna accanto all'indirizzo sottolineando la frase sul retro di un volantino – il menu del pranzo della settimana. Lo avevo infilato tra le pagine del secondo quaderno, una matassa di parole in minuscolo che col passare dei giorni aveva assunto le sembianze di una raccolta di didascalie sulla mia vita. *Traduzioni*, avevo scritto sulla copertina, tenerlo in borsa mi faceva sentire al sicuro.

Cristian mi aspettava in fondo alla discesa, l'avevo visto da lontano tirarsi sulla testa il cappuccio del giaccone non appena aveva iniziato a piovere, farmi un cenno con la mano per chiedermi di accelerare. Il tram è arrivato scampanellando nel buio umido del tardo pomeriggio. Siamo saliti lasciando l'una dietro l'altra le nostre impronte bagnate. La pioggia è durata il tempo di un incrocio, la luce rossa dell'ultimo semaforo del Sud, quello che separava un mondo dall'altro. L'altro aveva i marciapiedi assediati da spacci e cianfrusaglie, parrucchiere con le trecce e macellai sprovvisti di maiale.

«È qui che dobbiamo scendere» ha detto Cristian un attimo prima che il tram iniziasse a frenare.

Il grattacielo era un puzzle di barlumi sulla sera. Dai

nostri nasi usciva un vapore sottile, li abbiamo puntati verso la composizione disordinata di armadi, appendiabiti e biciclette schiacciata contro le finestre come fossero pareti impenetrabili alla vista.

L'ascensore ci ha lasciati al ventunesimo piano, abbiamo attraversato il corridoio stretto e lungo rivestito di moquette, e una volta arrivati in fondo ci siamo resi conto che dal lato opposto ce n'era un altro speculare.

«Infatti era di là che dovevamo andare» ha detto Cristian. «Porte dalla duecentotredici alla duecentoquarantatré».

Ci siamo guardati intorno. I muri erano bianchi e tutti identici, tra un corridoio e l'altro le ante erano ventose a pressione, spingevano l'aria e la risucchiavano tutta da una parte. Niente finestre, solo estintori – IN CASE OF FIRE, c'era scritto sopra. Ci siamo diretti al centro di un odore prima dolce e poi pungente che ci otturava la gola. La nostra era l'ultima porta in fondo, l'odore veniva da lì.

Ci ha aperto un grosso signore con pochi peli, neri, le guance impolverate e gli occhi azzurri di un bambino di sette anni. «Piacere di conoscervi, il mio nome è Siddhivinayak, ma potete chiamarmi Sid» ha allungato la mano, una mano ruvida, scura sopra, chiara sotto, le unghie lunghe e un anello infilato al mignolo. Ci ha fatto spazio nell'ingresso – una rientranza angusta con dentro incastrata una lavatrice, in cima una statuetta con quattro braccia in equilibrio su un piede solo.

«Venite pure» ci ha fatto segno di proseguire, ma rannicchiata sul pavimento c'era una ragazza dai capelli neri, ai lobi due grandi cerchi dorati, sistemava dei vestiti in un borsone.

«È mia figlia» ha detto Sid. «Sta partendo».

La ragazza si è alzata, si è tirata verso il basso il tubino di lycra che le saliva sui fianchi, ci ha rivolto un'occhiata fatta di mascara e sopracciglia ripassate a matita. È entrata nella stanza masticando un chewing-gum nervosamente, ogni tanto tra i denti faceva scoppiare un pallone. Per un attimo mi è sembrato che potesse avere la mia età, ma alla fine mi sono convinta che doveva essere molto più giovane.

«Darla» l'ha chiamata Sid «lasciaci vedere la stanza».

La ragazza ha spinto la lingua nel chewing-gum, ha gonfiato un pallone e l'ha fatto scoppiare più volte, ci ha lasciati entrare. Siamo rimasti a fissare la grande finestra accanto alla scrivania, un poster con su scritto quattro volte OUT OF CONTROL, l'hula-hoop che sporgeva dietro la porta ricoperta di adesivi.

«Venite pure» ha ripetuto Sid, ci ha fatto strada per mostrarci il resto dell'appartamento – pochi passi bastavano per raggiungere un bagno cieco e l'altra piccola stanza da letto, ma quelle finestre così grandi restituivano agli spazi un'ampiezza particolare.

Sid ci ha condotti nel soggiorno che includeva un angolo attrezzato a cucina, si è seduto sul divano in finta pelle sistemato al centro di un grosso tappeto persiano, ha iniziato a svapare nubi sciroppate dalla sua sigaretta blu.

«Allora, vi piace?» ci ha chiesto guardandosi intorno come se anche lui vedesse l'appartamento per la prima volta.

Cristian ha iniziato con le domande – le stoviglie, le chiavi, gli orari di Sid. Sul fornello, in un pentolino d'acciaio, un liquido che aveva tutta l'aria di pizzicare sotto la lingua aveva iniziato a bollire. Sid ha lasciato il divano avvolto da una nebbia appiccicosa, si è diretto verso il piano cottura tracciando in aria la mappa dei negozi che nei dintorni avrebbero potuto vendere taglieri e grattugie.

Ho tirato fuori dalla borsa il quaderno per appuntarci le parole che nella mia testa restavano sprovviste di significato, ma era il quaderno sbagliato, tra i miei vecchi postulati lo spazio era finito, così mi sono diretta davanti all'enorme vetrata che si estendeva dal pavimento al soffitto alle spalle del divano, fino quasi a toccarla con il naso. Il serpente di fanali rosso acceso avanzava inarrestabile verso lo skyline. Per un attimo, al cospetto di quell'orizzonte artificiale, ho avuto l'impressione di vedere la mia vita tutta intera – una serie di avvitamenti concentrici, io che mi moltiplicavo in una corrispondenza infinita di specchi, la sensazione di trovarmi sempre nello stesso punto anche se i contorni erano sempre più sfumati. Poi Sid ha detto: «*Thames*» e il pavimento ha fatto un piccolo balzo, una vibrazione minima mi ha raggiunto le tempie.

«*Isn't it?*» ha detto Sid. Io quella scena l'avevo già vista, in quell'istante ci ero già stata. Mi sono girata verso di lui, poi di nuovo verso la distesa di luci. Lo vedevo aprire gli sportelli riflesso nel vetro, mostrare a Cristian lo spazio dove avremmo potuto infilare le pentole. Ho sentito ancora quel moto antiorario tirarci via da quelli che stavamo diventando e riportarci a quelli che eravamo stati.

Nel mio ricordo il flusso di luci sulla strada s'interrompe e cambia verso, procede all'indietro come farebbe una molla. Dopo, ogni cosa torna a scorrere in avanti in un timelapse imprudente e spietato. È lì che sento il sangue che mi cola tra le gambe, e appena me ne rendo conto comincia a girarmi la testa.

«Sei svenuta, hai capito Lù? Dimmi che hai capito» – la barella scivolava svelta sotto i neon del corridoio, tra le gambe avevo un lago caldo e denso. Cristian mi teneva una mano sulla guancia come quando era molto preoccupato. «Fai sì con la testa, Lù».

Ho fatto sì con la testa: «Noi volevamo diventare qualcun altro?» gli ho domandato.

Cristian continuava a tenermi la mano sulla guancia, come una carezza ferma. «Le date qualcosa?» ripeteva. «Datele qualcosa».

L'ho visto scomparire dietro una colonna sempre più lontana. Nei miei ricordi l'infermiera mi poggia la mascherina sulla bocca – «*Long deep breath, long deep breath*» ripete prima di lasciarmi in una stanza vuota. E a un certo punto non sento più i piedi, le gambe, la pancia; vedo la stanza riempirsi di persone – i palloncini sul soffitto, il barattolo delle candele, io che dietro a una torta compio le ore, i mesi, gli anni che non si capisce poi dove vanno a finire.

«Quando ha avuto le prime mestruazioni», «Quanto tempo le durano», «Ha dolore tra un sanguinamento e l'altro», «Ha mai interrotto una gravidanza». Dopo l'anestesia mi sveglio e capisco le frasi, le parole iniziano e finiscono, potrei persino formulare un discorso senza starci troppo a pensare, ma ho la bocca impastata, ho la nausea, ho sete.

«Undici anni» dico. «Cinque giorni», «Non mi sembra», «Credo di no». Cristian mi tiene la mano finché non lo fanno uscire di nuovo. L'infermiera dice che devo stare ferma ancora un po', riposare, poi piano piano rialzarmi e tornare "alla mia vita".

«Che ore sono?» gli ho chiesto quando l'hanno fatto entrare il giorno dopo.

«Le nove». Cristian si è seduto sulla sedia accanto al letto. *Si può perdere qualcosa senza sapere di averlo?* avrei voluto chiedergli. Invece non ho detto niente, ho pensato: *ma come ho fatto, ho perso il conto delle ovulazioni, ho perso il conto di tutto – da quanto tempo il sangue non tornava più?*

Cristian mi disegnava dei ghirigori sul dorso di una mano. Eliche, che iniziavano tra un dito e l'altro e non si capiva dove andavano a finire. «A quanti anni ti sei visto per la prima volta in uno specchio?» gli ho chiesto. Cristian ha smesso con i ghirigori.

«Non lo so, Lù» si è strofinato la faccia con il palmo di una mano come se volesse lavarsi via di dosso un dispiacere.

«Io sette» gli ho detto. «Ero a casa di Inge».

«Ok» ha detto come se si trattasse di un'informazione irrilevante rispetto ai nostri problemi.

«Quella notte ho fatto un sogno» ho continuato.

«Lù...». Cristian ha scosso la testa, mi ha guardata come si guarda il risultato di un effetto collaterale.

«Mi trascinavo appresso una borsa di tappeto, me la tiravo dietro per salire su una specie di giostra arrivata dallo spazio, una ruota panoramica volante, che ci avrebbe salvati dalla terza guerra mondiale». Adesso mi stringeva le dita, mi massaggiava le pellicine come faceva sempre quando iniziava a sentirsi a disagio.

«Avevo paura di precipitare e invece ho trovato la mano ruvida di un uomo più vecchio di me. Era il mio dirimpettaio di seggiolino, un grosso signore con pochi peli, neri, le guance impolverate e gli occhi azzurri di un bambino di sette anni. Mi ha detto: "Guardi sotto, c'è il Tamigi, non è incredibile?"».

Cristian aveva avvicinato la sedia al bordo del letto, mi aveva poggiato la testa sulle gambe e si era lasciato accarezzare.

«Stanotte ho capito, quell'uomo era Sid, è per questo che sono svenuta».

L'ho visto fare un respiro profondo, scollare le labbra come per dire qualcosa, ma dalla gola gli è uscito solo un sospiro leggero.

«Mi dispiace» l'ho guardato in cerca di una minima conferma razionale «non sapevo di essere incinta».

Allora Cristian ha tirato su la testa, si è premuto le dita sulle tempie. «Senti Lù, ha chiamato tua madre, Inge è morta» mi ha detto.

Mio padre era tornato alla casa di pietra, mi aveva scritto una lettera. Diceva che aveva speso gli ultimi risparmi per arrivare in tempo al funerale, che mia madre gli aveva fatto trovare le foto di Inge una mattina sotto il cuscino, legate a filo doppio con lo spago agli scatti che lui le aveva inviato da quando era partito, come per assicurarsi che non andassero perse. *Purtroppo non c'è modo di mandare indietro gli orologi*, aveva scritto a un certo punto riferendosi al fatto che io non c'ero, e a me era tornato in mente quando da bambina mi interrogava su quei funzionamenti – «Allora dimmi, Lula, quanti giri deve fare la lancetta dei secondi per raggiungere un'ora?» mi domandava dal bancone del negozio, l'occhio destro aggrappato al monocolo e il cacciavite più sottile tra le mani. Nel selfie che si era scattato al ritorno, accanto al cespuglio di rose, aveva una barba bianca e folta, così simile eppure del tutto diversa da quella nera e ispida della foto scattata poco prima che io nascessi.

Tua madre parla sempre molto e invecchia in fretta, ma ogni volta che la guardo vedo ancora la ragazza dai capelli lunghi che ho incontrato al corso di fotografia l'11 marzo del 1973. I bambini di Morgana rincorrono i gatti tutto il tempo, la mattina davanti al cancello li osservo aspettare la navetta che li porta a scuola mentre si fanno i dispetti; sono vivaci, ma nonostante l'inaspettata allegria che ha rianimato questa casa, da quando sono rientrato non faccio che pensare ai posti che ho lasciato, concludeva la lettera. Sarebbe stata la prima di una lunga serie, messaggi a volte brevi a volte più distesi che inviava all'indirizzo del ristorante e che Joe mi consegnava a mano quando uscivo.

Cara Lula, mi scriveva, *sono trascorsi ormai tre mesi dal mio rientro, ma niente in me dissolve lo stupore con cui ho guardato l'aurora nei cieli di Fairbanks. I ghiacci si vanno sciogliendo sempre più velocemente sul pianeta, e giorno dopo giorno mi convinco di come la notte polare sia l'unico luogo che possa restituirci una misura del tempo.* Mi ero detta che forse, inconsapevolmente, non aver salutato Inge prima che morisse era stato il modo che lui aveva trovato per far sì che continuasse a vivere. Mi ero chiesta perché il mio corpo fosse stato altrettanto puntuale nel ritirarsi da quell'avvenimento. Da quando l'avevano portata al cimitero, solo l'idea di impacchettare le mie cose, salire su un aereo e attraversare la Manica mi sembrava un'impresa impossibile. Ogni volta che ci pensavo mi sentivo assediata da una morsa invisibile che mi schiacciava le vertebre, mi rendeva difficile persino camminare. Sul secondo quaderno, accanto alle parole nuove, avevo iniziato a trascrivere i concetti che mio padre m'inviava per sentirlo più vicino. Nozioni che imparava su libri intitolati *Grande guida alla geografia astronomica* o *Cento cose che devi sapere sul riscaldamento globale*, volumi cartonati dalle pagine patinate che acquistava in offerta per posta e che adesso aveva voglia di condividere.

Sempre più spesso avevo l'impressione che fossimo io e Cristian l'argomento al centro di tutte quelle dissertazioni, che in fin dei conti parlassero di noi. Le annotavo sul mio quaderno in italiano e solo dopo provavo a tradurle in inglese. *La fine del sole non ci riguarda mai direttamente*, scrivevo, *perché non ci troviamo ancora nel suo cono di luce futuro. Quanto all'orientamento delle nostre azioni, c'è sempre un punto immaginario sopra la nostra testa, questo punto è chiamato zenit.* Frasi, che rileggevo alla ricerca di un significato più intenso e finivo per imparare a memoria. Nient'altro che sequenze di parole che collezionavo e riscrivevo l'una accanto all'altra, strato su strato, con l'intento di provare a definire tutto quello che nonostante tutto saremmo ancora stati insieme.

Mi addormentavo sempre dopo mezzanotte, tra le crepe del soffitto mi ostinavo a rintracciare i nostri corpi che emergevano dal mare come se chiudendo gli occhi avessi potuto dimenticarli. Cristian aveva iniziato a muoversi nel sonno in preda a piccole scosse improvvise, quel moto ondulatorio coinvolgeva tutto il materasso e mi svegliava. A volte mi soffermavo a osservarlo sotto le lenzuola. Mentre dormiva mi appariva più fragile, come se la carne si sciogliesse tutta intorno al corpo lasciandone affiorare la struttura. Era sempre così che finivo per pensare a sua madre, era morta quando Cristian aveva solo tredici anni ma lui non ne parlava mai. Io stessa l'avevo saputo da Carlo, suo fratello, un ragazzone alto due metri che aveva dieci anni meno di lui ma era già entrato e uscito diverse volte dai reparti psichiatrici degli ospedali che lo avevano preso in cura.

«Se non fosse morta, Cristian avrebbe fatto un lavoro diverso» aveva detto la prima volta che avevamo cenato insieme nella trattoria davanti all'università, dove spesso la sera ci fermavamo a mangiare una gricia prima di tornare a casa. L'aveva detto come si dice "passami il sale", un attimo dopo essersi leccato via dagli angoli della bocca la crema di guanciale. Cristian gli aveva rivolto un'occhiata piena di risentimento, si era chiuso in un silenzio che mi aveva imbarazzata. Aveva trascorso il resto della cena a sbriciolare le molliche del pane accanto al piatto lasciandomi a gestire una conversazione improvvisata su aspirazioni e contingenze materiali.

Da quella sera lo avevamo visto sempre meno, anche se questo aveva sortito una reazione avversa. Più Cristian lo evitava, più Carlo telefonava. «La tua vita va a gonfie vele» lo sfidava, «Sei bravo» gli diceva «tu sì che ce l'hai fatta».

La maggior parte delle volte Cristian non gli dava corda, gli diceva di continuare con le medicine, di aiutare Saverio con la rimessa dove lavorava il ferro. Carlo gli rispondeva di sì, ma puntualmente interrompeva le chiamate senza salutare. E in un modo o nell'altro finivamo per non parlarne più, ci dimenticavamo di Carlo e della sua esistenza. Anche se a me capitava spesso di ripensare alla scena che Cristian mi aveva raccontato una sera dopo aver bevuto troppo – loro due da piccoli che tornavano a casa e la madre che non c'era più, era sparita dalla cucina; Saverio che gli diceva che non sarebbe tornata, e loro che la cercavano in bagno, nelle altre stanze, ma niente.

Una notte il corpo di Cristian ha ripreso a ondeggiare. Gli ho accarezzato la fronte e così si è acquietato, poi ha fatto scattare le gambe nell'ennesimo salto, mi ha afferrato un polso come se il letto potesse dissolversi lasciandoci cadere. L'ho sentito respirare più profondamente, alzarsi e andare a bere prima di tornare a letto.

«Cosa stavi sognando?» gli ho chiesto.

«Niente. Lo sai che non sogno mai».

«Capita anche a te di pensarci?» mi ha detto voltandosi verso di me, mi ha spostato i capelli dal viso come faceva sempre quando si aspettava una risposta sincera.

«A cosa».

«Il figlio che non abbiamo avuto». Mi guardava con gli occhi spalancati e freddi di un rettile.

«Avresti allevato un figlio in una soffitta?» gli ho chiesto in un modo stupido, non mi aspettavo quella domanda.

«Magari quell'embrione sarebbe diventato una bambina» si è girato a pancia in su, è rimasto con le mani incrociate dietro la nuca a fissare il soffitto.

La stanza sembrava un terrario, una teca illuminata dall'insegna intermittente del negozio di tatuaggi che si trovava dall'altra parte della strada. Mi ero persa nella luce verde e fucsia che lasciava apparire e scomparire il mini frigo, le mie scarpe nuove sul pavimento e le vecchie scarpe di Cristian, le sue camicie e i vestiti usati che nel corso dei mesi avevo appeso ai chiodi che chi se n'era andato prima non aveva più staccato dai muri. Avrei voluto raccontargli del sogno che avevo iniziato a fare – le mie pareti interne che si sfaldavano in una spirale di involucri, mi sfilavano via da me come un frutto che si sbuccia da dentro, invece gli ho solo dato un bacio sulla guancia, leggero. Fuori aveva ricominciato a piovere. L'acqua s'infilava tra le tegole e procedeva lungo le crepe fino a raggiungere il piccolo foro sul soffitto, il filo a cui era attaccata la lampadina. Ero rimasta ad ascoltare quel ticchettio precipitare dentro il secchio che avevamo sistemato sul pavimento.

Cristian mi ha cercato la mano. «Ce ne andremo da qui, te lo prometto», dopo poco si è riaddormentato.

Io invece non facevo che pensare a tutto quello che sapevo e non sapevo sulle rette che si intersecano, a cosa fanno le onde quando si rompono. Allora mi sono alzata, mi sono diretta verso la borsa per prendere il quaderno dei postulati, e così mi sono accorta che non c'era.

L'ascensore ha iniziato a salire e io continuavo a vedere quello che non avevo mai visto – il corpo di Inge, una statua di legno distesa sul letto, rigida, secca; la barba bianca di mio padre che si avvicina, le sfiora le mani annodate; mia madre che si accende un'altra sigaretta, copre gli specchi mettendoci sopra dei veli. A Inge gli specchi piacevano, ma diceva anche che gli specchi ci ingannano, di sicuro non avrebbe mai voluto rimanerci intrappolata. Da quando era morta non riuscivo più a togliermi dalla testa la sua voce che cantava un'aria in sei ottavi del 1683 di cui mi era rimasta una melodia senza parole.

Ho seguito l'odore di sciroppo fino al campanello in fondo al lungo corridoio ricoperto di moquette.

«Sono tornata per il quaderno, credo di averlo dimenticato qui». Sid aveva addosso una vestaglia a quadri, ai piedi un paio di ciabatte viola. «Ti aspettavo» mi ha fatto strada lasciandosi dietro una scia al caramello.

Siamo passati davanti alla stanza di Darla, la porta era chiusa. «È da sua madre, a Brixton» ha detto Sid «e non ho più trovato un affittuario che mi andasse a genio».

In cucina c'era sempre il pentolino che bolliva sul fuoco, Sid mi ha restituito il quaderno. Mi è sembrato di recuperare una parte di me, ho sfiorato la copertina con la punta delle dita percorrendo la parola *Postulati* e mi sono sentita più salda, come se un nodo invisibile si fosse formato di nuovo.

«Allora?» mi ha chiesto forse riferendosi allo svenimento.

«Mia nonna è morta il giorno che ho abortito» gli ho detto come se pensassi ad alta voce. «Si chiamava Inge, mi aveva sempre paragonata a un uccello. *Vola vola*, mi cantava quando ero ancora una ragazzina. Il suo modo per dire "divertiti finché puoi", anche il suo modo per avvertirmi che bisogna imparare ad arrivare dappertutto se vogliamo che nessuno riesca a prenderci». Era la prima volta che sentivo uscirmi dalla bocca le parole tutte insieme senza prima doverci pensare, e anche se continuavo a scambiare i concetti e confondevo i tempi verbali mi aveva messo addosso una strana euforia.

«Non è tanto il pensiero della morte. I corpi invecchiano e i tumori si mangiano i tessuti, è nell'ordine delle cose» ho tradotto in automatico una frase che avevo sentito ripetere a Cristian una serie infinita di volte. Sid ha inclinato la testa, ha preso dal frigo una bottiglia di latte e ne ha bevuto un sorso, mi ha fatto cenno di continuare.

«Era la mia ultima nonna viva» ho detto. «Quando ha partorito mio padre aveva la mia età. E mio padre si è tagliato la barba quando sono nata io e non se l'è più fatta ricrescere. Almeno finché non è morta sua madre». Sid si è fermato a fissarmi con il latte in mano, l'aria un po' disorientata. Mi esprimevo in una lingua fatta di accumulazioni e frammenti, non avevo la minima idea di quello che potesse capire, ma il ricordo di averlo sognato mi aveva convinta che in qualche modo avrebbe potuto aiutarmi. Volevo raccontargli di quel sogno, chiedergli se secondo lui c'entrava con tutto quello che mi era successo dopo, ma il pensiero continuava a imbarazzarmi.

«A volte semplicemente mi sembra che il tempo si prenda gioco di me, che quello che mi accade dipenda totalmente dalle cose che mi sono capitate prima, come se la vita fosse un reticolo di coincidenze programmate e non ci fosse alcuna via d'uscita, nessuna possibilità di scelta» ho detto alla fine. Sid ha abbassato il fuoco sotto il pentolino, ha aggiunto il latte e ha aspettato che tutto tornasse a bollire, ha versato l'infuso in due bicchieri trattenendo le spezie con un colino e li ha poggiati sul tavolo di cristallo dove nel frattempo mi ero andata a sedere. Continuavo a sfogliare il quaderno in cerca di un suggerimento che mi aiutasse a spiegarmi meglio. Tra la sezione di un nervo ottico e l'immagine di un vecchio stereoscopio che avevo ritagliato dalla *Piccola enciclopedia*, avevo disegnato una curva che collegava due punti distinti. «Questo non dice niente sulle possibilità che abbiamo di sottrarci alle nostre traiettorie singolari, sulla riparabilità del tempo?». Gliel'ho mostrata. Sid si è fermato a guardare il disegno, poi si è allontanato e ha raggiunto la vetrata. Ha intrecciato le mani dietro come a volte fanno i vecchi quando contemplano i lavori in corso. La luce aveva staccato il profilo della città da uno sfondo blu cobalto – contorni di torri compatte e parallelepipedi, tetti spioventi e strutture in ferro, un ritaglio che affondava le radici nel bagliore delle insegne dei locali ancora aperti.

Mi ero guardata intorno, dagli scaffali della libreria sbucava una fauna di statuette di gesso, elefantini di marmo e piccole donne dalle gambe di cera, miniature smaltate ricoperte di sottili filigrane a forma di uova o di mele. L'infuso si era intiepidito, ne avevo bevuto un sorso che era evaporato in fretta lasciandomi in bocca un sapore di pepe e cannella. Ho pensato che la storia del sogno fosse un'assurdità, che avrei dovuto alzarmi e tornare a casa prima che rientrasse Cristian. E avrei richiuso il quaderno, ringraziandolo e congedandomi in fretta, se dopo un lungo silenzio Sid non si fosse rivolto a me come se ci conoscessimo da molto tempo.

«Abbiamo solo una strada» ha detto continuando a fissare

la luce zaffiro che dal basso aveva assorbito il cielo. «A volte è lunga, lunghissima, ma è tutto quello che abbiamo».

È tornato a sedersi di fronte a me e ha infilato una mano nella tasca della vestaglia, ne ha tirato fuori una scatoletta foderata di velluto. Dentro c'era un mazzo di carte dal dorso consumato, ha iniziato a mescolarle velocemente con l'abilità di un prestigiatore.

«C'è qualcos'altro che Inge ti diceva» mi ha chiesto. «Qualcosa che la ossessionava e che c'entrava con te?».

Involontariamente ho ripercorso la mia infanzia in un baleno – la Lubitel che cade dal balcone, le nostre foto che spariscono, mio padre che torna a casa con un vecchio telescopio, ci avvisa che una cometa sarebbe passata vicinissima alla Terra.

«Quando ero ancora una ragazzina sognava sempre di vedermi uscire dall'ascensore con una grande, spaventosa pancia. "Sono incinta" le dicevo, sempre lo stesso sogno. Ci faceva molto ridere, e allo stesso tempo ci angosciava». Quell'immagine era riemersa dal nulla in un modo imprevedibile e veloce, tutt'a un tratto la mia vita mi era apparsa come una premonizione al contrario.

«C'è un gioco che a Mumbai facevamo spesso da bambini» ha detto Sid, ha poggiato il mazzo di carte sul ripiano di cristallo e ha ripreso a sorseggiare l'infuso.

«Taglialo» ha detto indicando il mazzo ancora intero. Ho fatto come mi ha chiesto. Sid ha ricomposto il mazzo, lasciando sotto le carte che avevo sollevato e sistemandoci sopra le altre, poi le ha spalmate tutte sulla superficie del tavolo andando a formare un ventaglio.

«Scegline una, fallo formulando mentalmente una domanda» ha inclinato il bicchiere per l'ultimo sorso e l'ha poggiato di nuovo sul tavolo. Devo averle guardate per molto tempo mentre mi chiedevo se io e Cristian a un certo punto avremmo avuto una bambina. Ho toccato una carta, poi ho ritirato la mano, ne ho toccata un'altra, poi di nuovo quella di prima.

«Questa» ho detto. Sid ha girato la carta, sono rimasta a fissarla senza parlare, non sembrava un'immagine benigna. Adesso mi ero pentita di aver partecipato, mi sentivo incastrata da un trucco disonesto.

«Questo cosa comporta, in pratica, per il mio futuro?» gli ho chiesto come se stessimo per stipulare un contratto. Sid si è abbandonato a una risata sgraziata che gli ha fatto tremare la carne del mento.

«Il futuro non esiste» ha detto. «Siamo noi la sua unica possibilità».

«Ok» ho detto leggermente infastidita «ma mi piacerebbe sapere che significa questa figura».

«Il punto non è capire cosa significa per me» ha detto Sid «ma cosa ci vedi tu».

«Niente» ho detto. «Non credo alle carte». Ho richiuso il quaderno e mi sono alzata per andarmene. «Non credo a niente di indimostrabile» ho aggiunto per essere più chiara, assicurarmi di non averlo offeso.

Allora Sid ha trascinato il quaderno verso di sé facendolo scivolare sul tavolo con un dito, ha scosso la testa rivolgendogli un lieve sorriso. Sul retro della copertina ha scritto un numero con un pennarello nero: *43*. Poi tre parole, *Current Street, Dalston.*

«Ecco» l'ha fatto scivolare indietro sulla superficie di cristallo, verso di me, ha sbuffato fuori dalla sigaretta una nuvola glassata.

«Vacci pure se il pensiero ti tormenta, e chiedi di mio cugino, in questo tipo di cose è più bravo di me».

Il secondo quaderno continuava a riempirsi di assunti e parole, didascalie in due lingue che si avvolgevano imperterrite intorno ai ritagli della mia vita, e alla fine avevo dimenticato quell'incontro archiviandolo verso pagina quindici come *una strana giornata - a weird day*, un inciso che avevo cerchiato tre volte.

Finché una mattina il telefono di Cristian non si è illuminato di una luce diversa, dorata, e ha iniziato a squillare. Era Sid, aveva ritrovato il nostro contatto nella memoria del suo cellulare e voleva avvisarci che stava partendo. Un affare di famiglia lo avrebbe trattenuto a Mumbai abbastanza a lungo da non potersi permettere una casa vuota in una città così cara.

Ci proponeva un prezzo di favore per l'intero appartamento, un affitto comunque elevato per le nostre risorse ma che alla fine Cristian mi aveva convinta ad accettare.

«È una fortuna che ci abbia rintracciati, una casa intera per quella cifra è impossibile da trovare» mi ripeteva prima della buonanotte. «E poi non sei felice che avremo finalmente un posto per ricominciare?».

A volte mi chiedevo se non considerasse la nostra relazione come una specie di malattia, coi suoi processi di infiammazione e guarigione, qualcosa che comunque si evolveva per stadi – il cantiere, il telefono, la soffitta, il grattacielo. Poi chissà. «È così che accade alle cellule nelle ferite» mi aveva spiegato una sera. Ogni fase seguiva la precedente in una successione di cause ed effetti che avvenivano per "superamento". E ogni volta era come ricominciare daccapo, ritrovare un altro punto di partenza che era strettamente connesso a quello di prima, senza per questo doverne soffrire la fine.

Avevo fantasticato spesso su quella che chiamavo "la nostra nuova prima casa". Ma non avevo messo in conto un palazzo di quaranta piani che dentro assomigliava a un transatlantico, con gli estintori sistemati agli angoli dei corridoi e gli ascensori che ci mettevano anche dieci minuti a scendere o a salire. Nel grattacielo era tutto più stretto rispetto a come lo avevo immaginato, persino l'aria era condensata. Io e Cristian ci affannavamo lungo i corridoi trasportandoci dietro un insieme infinito di scatole. Valigie, dentro cui avevamo sistemato le cose accumulate nel corso di nemmeno quattro mesi. Confezioni sigillate temporaneamente con lo scotch che ci eravamo trascinati a calci sui marciapiedi e sopra i tram in una serie di andirivieni che ci aveva stremati. Ogni tanto una porta si apriva, ne usciva una famiglia di sette o dieci persone che discuteva animatamente attorno a un tavolo da trasferire in un'altra stanza, una ragazza incinta con una sigaretta ancora da fumare, una coppia di anziani in tuta completamente senza denti.

L'appartamento odorava ancora di incenso e di zucchero fuso, Sid aveva lasciato i mobili e qualche suppellettile; c'era il letto nella nostra stanza e sotto il divano il tappeto persiano, ma in cucina era rimasto solo il pentolino, mancava quasi tutto e noi non avevamo portato altro che libri e vestiti. Scarpe, che avevamo rovesciato sul pavimento in attesa del momento giusto per comprare una scarpiera. E bicchieri a forma di imbuto che avevamo incartato dentro fogli di giornale. Un airone di vetro senza più la coda che una notte avevamo trovato davanti a un giardino insieme a un biglietto con su scritto *take me*, e la lampada a forma di stella che ci aveva regalato Joe quando aveva saputo che avremmo lasciato la soffitta. Barattoli di latta rossa con dei granchietti azzurri disegnati sopra, e il servizio di posate spaiate che un antiquario una domenica ci aveva venduto per cinque pound insieme a un set di bacchette tailandesi risalente al 1923. Mi muovevo negli spazi vuoti tra le valigie e le scatole come fossi in equilibrio su un filo sospeso, frugando a casaccio e trovando puntualmente il contrario di quello che stavo cercando – il passino per la farina invece del tostapane, il filo interdentale invece dei cerotti. Cristian mi guardava come si guarda il disordine, mi diceva: «Così non finiremo mai». Io pensavo solo che niente aveva più bisogno di noi per iniziare a esistere; che si trattasse di cucine o divani, materassi o tappeti, i nostri occhi si abituavano a orizzonti appartenuti sempre prima a qualcun altro. Al ventunesimo piano ogni cosa terrena appariva distante, ogni frase aveva un peso inferiore a quello dei nostri pensieri. Era come abitare sulla luna: ci muovevamo lentamente, respiravamo piano, Cristian non mi capiva quasi mai. Adesso sistemava le camicie tutte in fila sull'appendiabiti, divideva i pantaloni per larghezze e tonalità. Se spostavo una cosa anche piccola subito la rimetteva dov'era. Lo faceva assicurandosi che non stavo guardando, sempre qualche secondo dopo che mi ero voltata dall'altra parte – il suo era un gesto delicato, quasi impercettibile, mi bastava battere le ciglia e poi lo spazzolino era di nuovo un po' più a sinistra sulla mensola del bagno, il vaso con le camelie al centro del tavolo di cristallo. Lo osservavo stirare le lenzuola con i palmi delle mani, infilarle sotto gli angoli del materasso in modo che non formassero grinze, aggiustare i colletti delle camicie sulle stampelle con le punte tutte all'ingiù. A volte mi sembrava che ognuno di noi avesse assorbito i difetti dell'altro, come se esistesse un'ereditarietà indipendente dalla genetica, che aveva agito lentamente e per emulazione dentro i nostri corpi svuotandoli di senso.

«Ci pensi mai al momento esatto in cui le ore e i minuti diventano uguali?» gli chiedevo la sera – pescavo a caso un orologio dalla scatola di latta, lo lasciavo oscillare nel vuoto prima di appenderlo a un chiodo insieme agli altri, sulla parete che avevo dipinto di un rosso corallo.

Cristian me lo sfilava dalle mani, schiacciava i pulsantini ai lati della cassa facendo attenzione a notare eventuali cambiamenti sul quadrante. «Non so davvero cosa ci trovi», me lo restituiva indietro.

Avevamo girato il divano verso la vetrata, dopo il tramonto ce ne stavamo fermi a fissare i contorni scintillanti della città divorarsi le sfumature del cielo come attraverso lo schermo di un cinema. Cristian aveva ripreso a parlarmi del suo lavoro. Certe sere mi disegnava sulle mani strutture composte da esagoni e lettere. «Non tutte le cellule hanno la stessa durata» mi diceva «ma quasi tutte devono implodere per consentire ai tessuti di rigenerarsi». Il suo portatile restava acceso di notte, riproduceva in continuazione strutture dai colori fluorescenti che ruotavano su se stesse saltando fuori come pop-up da uno sfondo nero. I dati che aveva consegnato erano buoni, adesso la mattina si svegliava più tardi, mi portava la colazione a letto, due biscotti al burro e una tazzina di caffè.

«Ogni giorno perdiamo miliardi di cellule» mi spiegava quando usciva dalla doccia «eppure ce ne sono alcune che si riproducono senza fermarsi, non rispondono ai comandi delle morti programmate». Mi parlava come se fossi una vita tra tante, per lui modificare la struttura delle cose significava competere con una forza più grande, intervenire sul nesso tra le cause e gli effetti.

Quanto a me, non riuscivo più a distinguere gli eventi rilevanti dalle coincidenze. Avevo sistemato i quaderni tutti in fila nello zaino nero che Cristian mi aveva regalato per il mio trentesimo compleanno con la speranza che tutto potesse ancora trovare la quadratura, sistemarsi e procedere per il verso giusto. Me ne andavo in giro per la città, dentro gonne sempre troppo lunghe dalle stoffe disegnate e cappotti con le tasche larghe in cui infilavo di tutto, dalle free press agli scontrini dei prodotti che acquistavo. Spremiagrumi e affettauova soprattutto, poster di ogni dimensione con cui avevo tappezzato le pareti dell'appartamento. Pelapatate e scolapasta che mi trascinavo in grosse buste di plastica da una parte all'altra dei marciapiedi, nei sottopassaggi e in mezzo al vento caldo delle metropolitane. In testa la voce dei commessi alla cassa, *next please, next please, next please.* Ero sempre la prossima da quando ci eravamo trasferiti, e a un certo punto i miei risparmi erano finiti.

Non avevo più bisogno di evitare le cattive notizie, nel corso dei mesi avevo imparato a decifrarle come il rebus di una profezia. Mentre camminavo per le strade dell'East End, mi perdevo in fondo alle strettoie che portavano ai mercati dell'usato, procedevo nella nebbia degli hot dog in cerca di un posto più caldo dove sedermi a mangiare un biryani, avevo preso l'abitudine di fermarmi a sfogliare i giornali che trovavo buttati agli angoli dei marciapiedi, incolonnati sopra i cassonetti. Era sempre così che iniziavo a strappare le pagine, facendo attenzione a non recidere i titoli, le incollavo sul secondo quaderno aiutandomi con uno stick. Nella discarica di Koshe una frana di rifiuti aveva sommerso centoquindici persone, ottantasette corpi erano finiti a riva dopo un naufragio sulla spiaggia di Zawiya, a Mocoa una colata di fango aveva provocato almeno duecento morti – tra una striscia e l'altra lasciavo lo spazio necessario per le definizioni. *Un gruppo di movimenti*, scrivevo, *è generato da trasformazioni infinitesime*, poi traducevo in inglese.

Mio padre mi aveva spedito uno schema geologico che partiva dall'Adeano per arrivare al Neozoico, si avvolgeva in un vortice di ere scomparse. *Cara Lula*, diceva l'ultima lettera che aveva spedito al mio nuovo indirizzo, *oltre quattro miliardi di anni ci separano dall'età oscura della Terra. Non sappiamo niente di quello che c'era e che non c'era, ma il disegno basta a darci un'idea di quanto la materia nel suo dispiegarsi sia stata lenta. C'è bisogno di secoli per fare e disfare gli eventi, per cercare le fini e gli inizi, e i fossili guida sono orologi precisi se si tratta di rintracciare l'età di una roccia. Ma noi siamo più labili di un sedimento, come stelle andiamo incontro a continue implosioni.*

Seduta al tavolo di un pub, nell'androne di una biblioteca, mi concentravo a riordinare i pensieri. *Era*, scrivevo: *cento milioni di anni. Periodo: dieci.* Le scadenze non mi servivano più, giorno dopo giorno la città diventava per me un nascondiglio. Potevo vagare per ore senza una meta, restare immobile dentro un museo di fronte a un antico pezzo di marmo che ricordava un impero in rovina o ruotare su me stessa molte volte tra i vetrini di un micrarium, ma niente riusciva a sottrarmi al torpore che mi assorbiva le ossa da quando mi avevano dimessa dall'ospedale. Al centro delle superfici riflettenti, davanti alle porte scorrevoli dei centri commerciali, non mi trovavo più – era la prova che stavo sparendo.

Mangiavamo insalate in busta e noodle precotti, cibi che compravamo per strada e portavamo a casa in scatole di carta colorata. Avevo provato a fare una torta ma si era bruciata, Cristian mi raccontava di quando a tredici anni aveva imparato a cucinare ma adesso non aveva tempo di farlo per me. Dei quaderni non gli parlavo, *è un biochimico*, mi dicevo, *se va bene crede a quello che vede – immagini in 3D che ruotano sullo schermo di un computer, fiumi di dati che dalle cartelle cliniche vanno a finire nei cavi*. Cancro, fondamentalmente. Ne parlavamo di continuo. Le nostre conversazioni erano puntellate di bambini che morivano di cancro, madri che morivano di cancro, cellule di cancro che non reagivano ai farmaci. Ne parlavamo come se fosse quello che ci aspettava, come se non fosse triste, come se fosse semplicemente normale – anche se io ogni tanto avrei voluto solo non pensarci, fare come se non esistesse, dimenticare questa possibilità.

Le settimane di Cristian erano scandite da consegne e riunioni – prima di cena il professore lo chiamava da Roma per tenersi aggiornato. Voleva sapere se il suo lavoro era stato abbastanza apprezzato, restare al corrente sulle evoluzioni del progetto che gli avevano affidato per monitorare il contributo che avrebbe portato alla sua linea di ricerca. Cristian era sempre più stressato, lo osservavo masticare con lentezza il riso fritto se i commenti erano stati positivi, inzuppare con foga i bocconi di pollo nello yogurt se aveva ricevuto critiche. A volte avevo l'impressione che la nostra vita dipendesse da quell'uomo che viveva abbarbicato alla poltrona del suo ufficio polveroso dall'altra parte della Manica e da cui Cristian continuava a ricevere telefonate piene di consigli e raccomandazioni – «Il bravo scienziato controlla tre volte» gli diceva. «Il bravo scienziato lavora di notte». Cristian voleva essere un bravo scienziato e aveva iniziato a lavorare di notte, così accadeva spesso che dopo cena perdessimo le nostre tracce. Certe volte, mentre impostavo gli orologi rotti che avevo appeso in cucina in modo che i minuti equiparassero le ore, mi sembrava addirittura di essere rimasta sola. Il buio intorno si confondeva con gli aloni che arrivavano da fuori, le luccicanze intermittenti o improvvise che attraversavano i vetri mi raggiungevano i piedi. Allora mi chiudevo in quella che un tempo era stata la stanza di Darla, prendevo il quaderno e ricominciavo con le traduzioni.

Cara Lula, scriveva mio padre, *immagina un ghiacciaio. Immagina di guardarlo dall'alto mentre si scioglie, ma immagina di farlo a una velocità aumentata, come se mandassi avanti una registrazione. La vedi anche tu la realtà così come di solito non ci appare? Ho costruito una serra in giardino, ci ho sistemato la mia collezione di piante grasse e tropicali. Voglio capire su una scala più piccola quanto calore possiamo trattenere, a che prezzo un'estate può durare per sempre.* Tra il ritaglio di un deragliamento e un'esplosione accidentale – *perielio*, scrivevo, *punto di minima distanza di un corpo celeste dal sole.* Una notte dopo l'altra mi sentivo sempre più vicina all'ordine del mondo, come se io e Cristian non fossimo che frammenti di un enorme, gigantesco ingranaggio; come se la natura stessa del nostro sentimento fosse inscritta dentro il senso più sotteso delle cose. «Siamo ipotesi determinate dall'evidenza delle osservazioni» rileggevo a voce bassa. «Niente più che un aggregato di elementi che al cospetto di un assioma soddisfano precedenti condizioni. *Assumption, collection, conditions*» ripetevo come una preghiera.

Finché mio padre non mi ha detto la verità.

Cara Lula, mi ha scritto una sera, *i cactus e le portulacee nella serra sono assai cresciuti dall'ultima volta che mi sono fatto vivo, ma non è di questo che voglio parlarti. E avrei voluto dirtelo dal primo giorno che ti ho scritto, ma le parole si ritiravano, o forse è colpa del mio carattere che mal sopporta le avversità. La gatta cieca che hai lasciato ormai da alcuni mesi si è ammalata, ha gli occhi infetti e perde peso, vomita spesso e soffre di tremori. L'abbiamo fatta visitare da un veterinario e tutte le analisi sono negative, ma Morgana è convinta che la tua vicinanza potrebbe aiutarla a stare meglio. Non fa che ripetere che le persone con gli occhi di un colore raro come i tuoi possono avere un influsso sulla salute dei felini, che questi le "riconoscono" come "persone sentinella" con cui sono capaci di intrattenere conversazioni mentali in condizioni di contiguità, che li conducono il più delle volte alla guarigione fisica e spirituale. Ho provato in tutti i modi a dissuaderla dal dare credito a sciocchezze di questo tipo, ma continua a sostenere che sia vero. Dice che se trovassi un modo per tenere la gatta lì con te servirebbe a evitare il peggio. Capisco bene che non era nei programmi, e io per primo mi sono trovato a liquidare questa opzione come un'assurdità, ma l'animale non migliora e credo che sia giusto che tu lo sappia.*

«Prendine ancora». Cristian mi portava alla bocca piccoli gamberi imbevuti di soia con la punta delle bacchette.

«Non mi vanno» gli rispedivo indietro le bacchette – sapere di Ombra mi aveva tolto l'appetito, avevo l'impressione che ogni cibo avesse lo stesso sapore.

Cristian sgranocchiava velocemente i germogli di soia e lo zenzero – il computer sul tavolo, continuava a disegnare strutture. Eliche fluorescenti, che si avvolgevano su se stesse come fili di vecchi telefoni a formare gomitoli sempre più complessi. «Andremo a prenderla una domenica» si era fermato indirizzando lo sguardo oltre la vetrata. «La porteremo con noi su un aereo» aveva tracciato a mezz'aria una linea obliqua con le bacchette.

«Non si può» gli ho risposto. «Per arrivare qui non sono ammessi animali in cabina». Avevo contattato un'associazione specializzata nel trasporto di animali, mi avevano spiegato che su quella tratta era consentito soltanto sistemarli in stiva insieme ai bagagli, una soluzione molto stressante oltre che poco sicura, complicata dal fatto che il più delle volte gli animali venivano imbarcati su voli diversi, arrivando a destinazione giorni dopo come pacchi inanimati, e senza la vigilanza di un veterinario. Il modo migliore era arrivare via terra, imbarcarsi sott'acqua e attraversare la Manica, ma i costi erano decisamente proibitivi.

«Tre o quattromila pound, a seconda dei casi e delle esigenze, è la somma di trasporti, vaccini obbligatori e pernottamenti necessari» gli ho spiegato.

«Lù» ha lasciato cadere le bacchette nella scatola di carta, si è pizzicato il naso alla radice come se avesse dovuto estrarne il risultato di un'equazione «stiamo davvero pensando di poterla aiutare?».

«E se Morgana avesse ragione?» gli dicevo. «E se potessimo evitare il peggio?». Dopotutto c'era sempre qualcosa che potevamo fare per non arrenderci all'idea di una fine imminente, me l'aveva insegnato lui.

Cristian ha riaperto gli occhi, mi ha guardata come faceva sempre quando era costretto a spiegarmi qualcosa che non riuscivo a capire. «È una gatta, Lù. Tutto quello di cui ha bisogno non è certo starsene rinchiusa in gabbia per ottanta o chissà quante ore».

«Quindi non c'è niente che possiamo fare secondo te, dobbiamo solo aspettare che peggiori». Quel pensiero mi dava la nausea.

Cristian si è alzato in piedi, mi ha preso la testa tra le mani. «Ehi» mi ha detto «credi davvero che la tua vicinanza possa fare la differenza nella guarigione di un animale?».

«Non lo so» gli ho detto. «È solo una possibilità».

«Ma c'è qualcosa che sappiamo di sicuro, Lù» ha iniziato a raccogliere i resti della cena dentro le scatole per andarle a buttare nella spazzatura. «I soldi che mi danno al centro di ricerca ci bastano appena per pagare l'affitto».

Forse aveva ragione, mi ero lasciata trascinare dalle teorie fantasiose di Morgana, ma non riuscivo a non pensare a Ombra che tremava, ai suoi occhi di nuovo infestati di muco. Mi ero convinta che stava morendo, ero sicura che fosse colpa mia. In fin dei conti l'avevo abbandonata.

Dovevo recuperare quei soldi e dovevo farlo in fretta.

E avrei chiesto aiuto ai miei genitori se non avessero speso tutto per costruire la serra, o a Saverio, che pure ci aveva aiutati a comprare la casa al cantiere, ma adesso faceva fatica a raggiungere la fine del mese. Così ho pensato solo che in un modo o nell'altro me l'ero sempre cavata.

«Non preoccuparti» gli ho detto. «Domani mi trovo un lavoro».

Mi avevano offerto di fare le notti in una lavanderia a gettoni, di pulire i gabinetti di un cinema, di controllare chi rubava tagli di carne all'uscita di un supermercato, ma le paghe erano sempre troppo basse per raggiungere la cifra che mi serviva e per raggiungerla nel giro di poco.

Non ricordavo più i semafori che avevo oltrepassato, le file di persone in attesa di essere servite fuori dai fast food contro cui ero andata a sbattere nella disattenzione, i vagabondi che avevo superato agli angoli dei marciapiedi con il cappello rovesciato a terra e la faccia più sporca del pelo del cane che gli dormiva sui piedi. Avevo percorso chilometri, le mie gambe erano tronchi duri e le mie tasche mongolfiere piene di sassi, per un attimo non ero più riuscita a capire esattamente dove fossi e così mi ero fermata in un piazzale. Un flusso inarrestabile di passi mi aveva spintonata – *sorry, be careful, watch out, excuse me* – finché il mio sguardo non era inciampato nei fori di un tombino.

Ci avevo visto Ombra, le sue pupille larghe e vuote che con la luce del giorno diventavano spilli. Le lacrime avevano iniziato a rigarmi le guance, s'infilavano negli angoli della bocca, scivolavano sotto il mento e lungo il collo fino all'apertura del maglione. Mi mancava il suo modo di avvicinarsi alle cose e il calore che sprigionava quando dormiva, la dedizione con cui mi veniva incontro se mi fermavo e il profumo del suo pelo che nei miei ricordi sapeva sempre di biscotti.

Ero in mezzo a un branco di lampioni dalle teste a forma di orologio – le sei e sei, le undici e undici, le nove e nove, leggevo sui quadranti. Mi sono asciugata le guance con le maniche del cappotto. La città era una foresta luminosa, qualcosa che dovevi guardare da molto lontano per capire che forma avesse.

«Mi scusi, potrebbe per favore dirmi dove siamo?» ho chiesto a un uomo alto dalla giacca scura e il passo svelto.

«Canary Wharf!» mi ha gridato da lontano dopo avermi superata. Il mio cappotto si è gonfiato lasciandomi esposta a una serie di sbuffi gelati. Sono rimasta a fissare lo spazio come un immenso e spaventoso segreto. Era già buio, e le luci della sera rimbalzavano tra i passi della gente. La strada che avevo davanti all'improvviso mi è sembrata infinita. Ho ripensato alle parole di Sid, al gioco della carta e all'indirizzo che mi aveva lasciato. Allora ho abbottonato il cappotto e mi sono incamminata verso la stazione. Su un cartello bianco c'era scritto TUTTE LE DIREZIONI.

A Dalston, in Current Street, al civico 43, tra un parrucchiere e una cartoleria, ho trovato una vetrina stretta, allestita di specchi e tappeti. T&A c'era scritto sull'insegna. Uno sciame di campanellini mi ha accolta non appena sono entrata. Sono rimasta incantata dalla quantità di tessuti che circondavano la stanza, gli scaffali straboccavano di stoffe, le pareti erano ricoperte di ricami realizzati a mano. Dietro il bancone, una ragazza dai capelli neri – le mani attorno a un puntaspilli, addosso un pigiama turchese – componeva con un chewing-gum minuscoli palloni, li faceva scoppiare sotto la lingua. L'ho riconosciuta prima ancora che mi chiedesse se poteva aiutarmi.

«Dovrei parlare con il cugino di Sid» le ho detto senza girarci intorno. Darla ha annuito, ha sputato il chewing-gum e mi ha fatto strada per una scalinata stretta e ripida che conduceva al piano inferiore.

«Stai solo attenta a non cadere» mi ha detto riferendosi al fatto che non c'era il corrimano. Mi sono lasciata inghiottire da quel cunicolo rivestito di triangoli filati a maglia, appuntati gli uni agli altri come a formare delle pagode.

«Amuleti» ha detto Darla sbrigativa quando si è accorta che mi ero fermata a toccarne uno, mi ha fatto cenno di seguirla ancora.

A ogni gradino la luce diventava più fioca. Ho passato le dita sui bordi sfrangiati di un tessuto a cui erano stati cuciti tanti piccoli scampoli. Era morbido, come se fosse stato toccato migliaia di volte, e il fatto che tenesse insieme così tante stoffe mi aveva provocato una specie di piacere. Darla mi ha rivolto uno sguardo di rimprovero.

«È il vestito che le spose mettono al cammello che le porta al rito» ha tagliato corto come se le stessi facendo perdere tempo. L'ho seguita in un anfratto che portava a un salone largo e senza finestre, illuminato solo dalle lampade a braccio che sporgevano dalle pareti. Il vapore dei ferri da stiro arrivava fino al soffitto, si espandeva lungo il pavimento formando una coltre spessa che affaticava il respiro. Cinque ragazzi alti, addosso il pigiama turchese, gli infradito ai piedi, lavoravano in silenzio ognuno impegnato a stirare un capo diverso davanti al proprio asse. Ne avevo osservato gli zigomi pronunciati e le ciglia truccate di nero, lo smalto sulle unghie che rendeva così sensuali i movimenti.

Di tanto in tanto un ticchettio, come di un insetto dalle ali callose rimasto intrappolato in uno spazio troppo stretto, scandiva i secondi facendoli scorrere a grappoli: un vecchio signore dalla corporatura esile se ne stava ingobbito in fondo al salone. Darla si era inoltrata nel vapore fino a raggiungere la macchina a cui il cugino di Sid lavorava aggrappato, mi aveva annunciata.

«Vieni avanti» mi ha chiamata il vecchio, ha sollevato il piede dal pedale. Mi sono avvicinata avanzando lentamente sul corridoio di tappeti che ci separava con la prudenza che si riserva alle situazioni improbabili.

«Buonasera, signore» ho detto schiarendomi la gola, quel vapore mi rendeva afona. Il vecchio ha alzato la testa, mi ha squadrata oltre il vetro spesso degli occhiali che gli scivolavano sul naso e che teneva legati al collo con una catenella.

«Il mio nome è Bhagyanandana» ha detto senza tendermi la mano «ma puoi chiamarmi Bhag».

I ragazzi avevano cominciato a rassettare gli assi, appendere i capi alle stampelle, ricoprirli con il cellophane, l'uno dopo l'altro erano usciti dal salone ciondolando la testa per raggiungere le scale.

«State chiudendo?» ho domandato. «Posso tornare un'altra volta». Bhag mi ha sfiorato un polso con la sua mano ricurva, ricoperta da alcuni scuri peli sottili.

«Siediti» mi ha indicato una sedia sommersa di scampoli sfilacciati. «Noi non chiudiamo mai». Ho fatto come mi ha detto, lui ha schiacciato di nuovo il piede sul pedale. Quel rumore di catena che si sgancia dai binari e precipita nel fondo di un pozzo mi metteva inspiegabilmente a mio agio. Sono rimasta a guardarmi intorno, tra le pile di vestiti inamidati che pendevano dagli scaffali, i rocchetti di filo rimasti agli angoli dei ripiani.

«Allora» ha detto Bhag «cosa ti porta?».

Ho iniziato dalla carta di Sid, gli ho detto che temevo che fosse il presagio di una sorte cattiva.

«Esiste un posto in fondo all'anima dove la sventura non ha potere» mi ha risposto senza alzare la testa.

Senza volerlo mi ero imbattuta nella mia figura riflessa in

uno specchio verticale. I capelli mi arrivavano alle anche, da quando Cristian era partito non li avevo più tagliati e per un attimo mi era sembrato di vedere mia madre qualche anno dopo che mi aveva partorita.

Ho sentito le parole frantumarsi nella gola. Per due volte ho provato a raccontargli del cantiere, di Cristian che da un giorno all'altro si era trasferito, di Ombra che rischiava di morire e dei soldi che mi sarebbero serviti a salvarla, ma la mia voce non faceva che inciampare tra i fonemi, incollava i suoni dal verso sbagliato così che venivano fuori del tutto diversi da come li avevo pensati. Allora ho preso dallo zaino il quaderno delle traduzioni, e ci avrei disegnato sopra un diagramma che tenesse insieme il cantiere e la casa di mia madre, le teorie di Morgana e i viaggi di mio padre neanche fossi muta, ma Bhag me lo ha sfilato dalle mani, lo ha richiuso. Ha messo da parte il pantalone a cui stava rifacendo un orlo e si è allungato dondolando sulle gambe posteriori della sedia fino allo scaffale per prendere il rotolo di un tessuto color menta.

«Ci sono strade talmente larghe che sembrano impossibili da attraversare». Si è tirato via il metro dal collo e ha misurato una parte di tessuto, ne ha tagliato via un riquadro e l'ha infilato sotto i passanti della macchina da cucire.

«Bisogna affidarsi agli stadi intermedi, imparare a guardarsi da fuori» ha cambiato il rocchetto di filo, ne ha scelto uno leggermente più spesso, amaranto, ne ha schiacciato la punta tra le labbra appena prima di infilarlo nella cruna.

«Siamo più piccoli dell'universo, ma di sicuro più grandi di un pensiero, o no?» ha detto prima di ritirarsi in un silenzio totale.

Il vapore si era dissolto, adesso potevo vedere le pareti tappezzate di arazzi, ognuno portava ricamata in cima una figura che assomigliava soltanto a se stessa. Bhag teneva le mani aggrappate al riquadro come artigli, faceva scivolare la stoffa ora da una parte ora dall'altra sulla superficie del ripiano. Sotto la luce della lampada, una curva dopo l'altra e al ritmo dettato dal pedale, affiorava un ricamo di circonferenze intrecciate. Un cerchio d'acqua, che lentamente, gradualmente, si espandeva in una successione di increspature e triangoli. Ero colpita dalla precisione con cui Bhag riusciva a comporre quel disegno senza esitazioni. Il sudore gli aveva imperlato la fronte, il suo respiro era affannato. Adesso sembrava che non fosse più lui a condurre la stoffa ma il contrario, come se il tessuto fosse animato da un movimento interno, e il ricamo emergesse dal fondo di un lago, seguendo un processo complicato e lunghissimo, che avrebbe richiesto giorni o forse anni per essere portato a compimento. Invece le mani di Bhag si muovevano sempre più velocemente e il ricamo continuava a lievitare. Finché non ha raggiunto il bordo della stoffa e allora Bhag si è fermato, l'ha sfilato dai passanti e si è alzato in piedi.

Era molto basso, la gobba lo costringeva a torcere il collo per guardarmi, e le braccia continuavano a ondeggiare sopra la sua testa mentre teneva la stoffa sospesa in aria per mostrarmi il risultato.

«È bellissimo» gli ho detto. «Sembrerebbe l'occhio di uno storno se non fosse che non assomiglia a niente». Bhag ci ha passato sopra le unghie lunghe e leggermente ingiallite. «Assomiglia a chi lo guarda» ha detto. «Come tutte le cose». Ha ripiegato l'arazzo e lo ha arrotolato su se stesso avvolgendolo in uno strato di carta di riso, ha legato tutto con uno spago e me lo ha consegnato.

«Tienilo» ha detto. «Contiene tutte le risposte che ti servono». L'ho visto fare un respiro profondo prima di tornare a sedersi, come se tutto l'ossigeno che fosse riuscito a incamerare avesse potuto fornirgli l'energia necessaria a superare la notte. Poi, non appena i ragazzi sono rientrati ciondolando con altri capi da stirare, ha ripreso il pantalone, lo ha steso sul ripiano e si è seduto. Ha schiacciato il pedale, e la macchina ha ricominciato a girare.

Quando sono salita, Darla aveva già spento le luci principali, in penombra riavvolgeva attorno agli avambracci le ultime stoffe rimaste sul bancone.

«A presto» le ho detto ancora piuttosto stordita da quell'incontro, per intendere "a mai più".

Mi ha richiamata con quell'aria svogliata che le storceva lo sguardo. «Dagli un'occhiata». Ha tirato fuori dal taschino della camicia un biglietto colorato, mi ha fatto segno di prenderlo tenendolo bloccato tra due dita. Aveva le unghie dipinte di rosa, i brillantini al centro riflettevano la luce artificiale dei faretti ancora accesi.

Sul biglietto era pubblicizzato un locale sovrastato da un'insegna fluorescente.

«Scusa, non per farmi gli affari tuoi, ma ho sentito che hai bisogno di soldi con una certa urgenza» me lo ha infilato nella tasca del cappotto. «Vieni pure domani, alle sette di sera, è da un po' che cerchiamo la persona giusta». Poi ha impilato le stoffe ed è sparita dentro il buio delle scale.

Avevo infilato una camicia e legato i capelli all'altezza della nuca. Cristian mi diceva sempre che quando li tenevo sciolti sembravo una che aveva perso il senno o la strada di casa e non volevo dare quell'impressione, volevo arrivare al colloquio preparata, essere presa per una persona affidabile, quei soldi mi servivano davvero. E anche se non sapevo bene cosa aspettarmi mi ero concessa la possibilità di mentire pur di ottenere quel posto. *Sempre se i soldi saranno abbastanza*, mi ripetevo, *e accetteranno di darmeli presto*. Quell'insieme di incognite mi faceva girare la testa. Ero agitata. Non avevo mai fatto la barista e per un attimo mi era mancato l'istituto enciclopedico e il lavoro che facevo. Procedevo a zigzag sui marciapiedi di Hackney con l'incertezza di un trampoliere alle prime armi nonostante le scarpe da ginnastica, stando attenta a mantenermi in equilibrio tra le pozzanghere.

L'insegna illuminava il lato destro della strada, si rifletteva sui graffiti emettendo dei flash verdi e viola. LODESTONE, c'era scritto sopra. Mi ero aggrappata alla maniglia ma la porta era blindata. Così, girando intorno al muro di mattoni e percorrendo la discesa ero finita davanti a un ingresso secondario che avevo trovato socchiuso. La doppia porta conduceva direttamente ai camerini: una stanza unica dalle pareti rivestite di specchi, tavolini per il trucco e panche addossate ai muri.

Quando sono entrata le ragazze avevano già arrotolato le trecce in modo simmetrico negli chignon laterali, si spalmavano il balsamo dietro la nuca e lo stendevano lungo le braccia.

Darla è comparsa dentro un cono d'ombra, indossava una vestaglia kimono. «Trisha sta arrivando» ha detto, ha slacciato la vestaglia e ha iniziato a cospargersi il ventre di un unguento all'odore di agrumi.

«*Hi ya*» mi ha salutata quando si è accorta di me, ha lanciato un'occhiata alla mia camicia come se fosse inappropriata, si è allacciata nuovamente la vestaglia e mi ha fatto cenno di seguirla in un corridoio buio.

«Puoi aspettarmi lì» ha sollevato la tenda di velluto che collegava il retro con un palco piccolo, leggermente rialzato rispetto al resto della sala, mi ha indicato il gradino vicino alla cassa sistemata a terra accanto al bancone del bar. Sono arrivata in fondo a quella penombra ammuffita, aveva l'odore di una cantina e l'umido mi si è subito aggrappato ai vestiti, ma la moquette doveva essere stata rinfrescata da poco considerando i colori vivaci della fantasia. Per un attimo ho avuto l'impressione di trovarmi nel posto sbagliato al momento giusto, ma prima che portassi a termine qualsiasi ragionamento qualcuno ha acceso la luce. Dal lampadario di vetro un arcobaleno ha illuminato le gambe delle sedie sistemate a testa in giù sui tavolini, le bottiglie tutte in fila dietro il bancone, i piccoli sgabelli raggruppati davanti agli spillatori. A un lato del palco è comparsa una donna slanciata dall'andamento deciso, i capelli spettinati di un bianco artificiale, gli anfibi che spuntavano sotto una gonna dalla rigidità di cartapesta.

«Buonasera» ha detto senza dare troppo peso alla mia presenza, si è sfilata la giacca e l'ha gettata tra le gambe di una sedia, poi si è legata i capelli senza un criterio e ha battuto le mani. Il suono è rimbalzato nella sala vuota.

È bastato quel segnale perché le ragazze arrivassero sul

palco tutte in fila. La donna ha battuto le mani ancora una volta e le ragazze si sono disposte l'una accanto all'altra, vicinissime, chi in alto chi più in basso piegando il busto o le ginocchia, in modo da incastrarsi l'una nell'altra come a formare un bocciolo di cristallo. Allora le luci si sono spente del tutto e per un attimo la sala è ritornata buia. Poi il palco è stato illuminato da uno sfondo indaco ed è partita la musica, una specie di coro mistico sovrastato da una base trip hop.

Le ragazze hanno iniziato a muovere le braccia, le facevano oscillare con l'andatura di svitamenti meccanici. Più il ritmo diventava incalzante più il bocciolo si apriva, le ragazze si districavano le une dalle altre, simultaneamente e seguendo sequenze a mano a mano più precise. Adesso con le dita chiuse a goccia tracciavano spigoli tra le fronti e gli sterni, divaricavano i piedi, piegavano gomiti e gambe sollevando le teste come ragni. I loro corpi ruotavano tramite sbalzi improvvisi, inversioni di rotta, fasciati dai tessuti dei costumi semitrasparenti che riflettevano la luce come bolle di sapone.

«Larghe» gridava la donna con gli anfibi dal centro della sala. «Più morbide». Oppure: «Splendenti». A seconda di quei riscontri le ragazze aumentavano o diminuivano l'ampiezza dei loro spostamenti, piegavano di qualche millimetro ancora il busto o le ginocchia, si inumidivano le labbra. Sembravano bambole elettriche, o forse solo manichini senza qualche pezzo.

Mi sono chiesta a quanto sarebbe potuto ammontare il compenso di una barista, calcolavo mentalmente quante persone sarebbero entrate in quella sala, quante volte avrebbero preso da bere. Mi domandavo se nella confusione avrei capito le loro parole.

Le ragazze avevano tirato fuori la lingua, incrociavano gli

occhi guardandosi la punta del naso come se avessero preso la scossa, emettevano strani sospiri incurvando le spalle all'indietro. Ho pensato che erano belle. Mi è tornata in mente Inge che mi iscriveva ogni anno in palestra. Mille volte aveva provato a insegnarmi a cantare ma la mia voce era a dir poco inconsistente. «Balla» mi diceva allora. «Ti fa bene, continua a ballare». Non si stancava mai, era convinta che in un modo o nell'altro sarei finita su un palco. «Il corpo è l'unico filo che ci tiene annodate al mondo, bisogna riservargli le attenzioni adeguate» mi avvisava allacciandomi dietro le scapole i corsetti barocchi che una volta erano stati i suoi costumi di scena e che adesso per gioco mi faceva indossare davanti alla specchiera. Ho pensato che ero stata cattiva a lasciare anche l'ultima palestra dove mi aveva portata. Ma alla fine recitare era il suo sogno e non il mio, mi ripetevo per sentirmi meno in colpa.

Il sudore si era mischiato al profumo di chiodi di garofano e cajeput impregnando l'ambiente di un odore urticante. Ho visto la donna con gli anfibi salire sopra un tavolo, aprire la piccola finestra che affacciava sulla strada per arieggiare la sala. «Pausa» ha detto battendo le mani. La luce si è riaccesa nel lampadario di vetro e io mi sono accorta del suo viso stropicciato dalle rughe, all'inizio mi era sembrata più giovane.

Darla mi è venuta incontro quasi subito, il labbro superiore ricoperto da minuscole goccine, il costume che le schiacciava il seno come una pellicola di cellophane.

«Brava, da quanto tempo lo fai?» mi sono finta interessata, non sapevo da dove partire per informarla che avrei accettato il lavoro a patto di avere un anticipo.

«Proviamo sempre dal lunedì al mercoledì» mi ha detto. «Dal giovedì al sabato ci sono gli spettacoli e la domenica è giorno di riposo».

L'ho guardata senza capire.

«I costumi te li diamo noi».

«Aspetta» l'ho fermata. «Dev'esserci un errore, credevo vi servisse una barista».

Darla ha staccato le labbra dalla bottiglia d'acqua fredda che nel frattempo una delle ragazze le aveva passato di sfuggita, mi ha rivolto per un attimo brevissimo uno sguardo risentito. «Aiutami» ha detto sollevando gli avambracci come se l'avessi offesa. «Io lo sto già facendo».

Ho fatto un passo indietro, Darla ne ha fatti due verso di me, con una manovra agile e veloce mi ha tirato via l'elastico con cui avevo legato i capelli.

«Ti prego» li ha sollevati verso il lampadario. «Per Trisha è un'ossessione, mi tormenta» ha alzato il mento indicando la signora con gli anfibi.

«Sono mesi che cerchiamo una dai capelli così lunghi che non siano una parrucca». Dalla tasca della vestaglia ha tirato fuori un pacchetto di gomme.

«Vuoi?» mi ha chiesto.

Le ho risposto di no. Allora ne ha sfilata una con i denti, ha iniziato a masticare.

«Sembra che in questa città tutte non facciano altro che tagliarsi i capelli» ha soffiato un pallone e l'ha fatto scoppiare, la membrana zuccherata le ha sommerso le labbra di rosa.

Le ragazze erano risalite sul palco, mi ero soffermata a osservare i tessuti dei costumi che ne rivestivano i corpi di una luce particolare, come di un riflesso d'acqua. Per un attimo mi ero immaginata nei loro panni e mi era venuto da ridere, poi mi era solo sembrato di soffocare.

Avevo imparato a muovermi nelle palestre alla periferia di Roma, seminterrati con gli specchi sempre appannati dal vapore delle docce, prese d'aria squadrate posizionate agli angoli dei soffitti ricoperti di muffa. Mi allenavo a fare la ruota e a scodinzolare a ritmo, sapevo come far serpeggiare un nastro agganciato a una bacchetta e girare su me stessa molte volte, ma ero solo una ragazzina. Ero "portata", mi dicevano. Sicuramente timida, ma "avevo orecchio". Solo che il giorno delle esibizioni mi succedeva sempre qualcosa. Febbri improvvise o piccoli incidenti, una caviglia slogata, la fase acuta di una tendinite, e alla fine agli spettacoli non ci andavo mai. Ogni volta ricominciavo daccapo, nonostante i tentativi di Inge piuttosto che giustificarmi preferivo cambiare palestra.

Darla continuava a fissarmi, faceva scoppiare i palloni l'uno dietro l'altro sotto la lingua come se la vita fosse una scocciatura o come se fossimo in ritardo per un appuntamento.

«Mi dispiace» ho detto. «Non è una cosa che posso fare».

Per un attimo ha smesso di masticare.

«Centoventi sterline a sera, sono trecentosessanta a settimana» ha detto guardando un punto fisso alle mie spalle come se il discorso fosse chiuso. Ha fatto scoppiare un altro pallone.

«Darla» l'ha rimproverata Trisha «sputa quella roba, stiamo per ricominciare».

Darla ha tirato fuori la gomma tenendola tra i denti, l'ha presa con due dita facendola filare. «Stiamo per ricominciare» ha ripetuto in falsetto appena Trisha si è voltata, ha appiccicato la gomma sotto il bancone del bar.

Ho radunato le mie cose e mi sono incamminata verso l'uscita, ma Darla mi ha afferrata per un polso tirandomi a sé. «Ci vediamo domani» mi ha gridato in un orecchio per coprire la musica che nel frattempo era diventata assordante.

«O magari vuoi passare il prossimo anno a pulire i cessi di un grande magazzino mentre la tua dolce miagolina schiatta?» è scoppiata a ridere. Si rigirava il mio elastico intorno alle dita neanche fosse la ruota di un criceto.

Ho pensato che era pazza. Ho pensato anche che forse aveva ragione. Quindi ho sentito la mia voce separarsi da tutte le parole che avevo imparato e dire solo: «Ok». Le ho sfilato dalle mani l'elastico e mi sono legata i capelli.

«Ho fatto un sogno» mi ha detto Cristian una mattina. «Una bambina» mi ha spiegato «tenendomi per mano mi trascinava verso il mare».

«È un bel sogno» gli ho detto.

«Non lo so» ha detto Cristian. «Non sono abituato a sognare».

«Be', lo è, fidati, sembra uno di quei sogni che può significare molte cose» gli ho detto mentre riempivo la moca.

«Ma io avevo paura». Cristian raccoglieva con la punta delle dita la polvere del caffè che era caduta sul ripiano della cucina.

«Perché?» gli ho domandato.

«Perché mi trattava come se fosse la figlia di qualcun altro».

«Magari era tua madre» il cucchiaino mi è scivolato dalle mani. «Scusami, sono una stupida, non avrei dovuto dirlo».

Cristian mi ha guardata come se lo avessi offeso.

Mi capitava spesso di trovarlo all'alba con le mani ancora sul computer, addormentato sui cuscini del divano. Non l'avevo mai visto piangere, ma adesso mi sembrava che sarebbe potuto accadere da un momento all'altro.

«Va tutto bene?» gli ho fatto una carezza sulla schiena.

«Sì» ha detto. «Certo». Allora mi è tornato in bocca il sapore che avevo sentito la prima sera che ero stata al locale, un sapore di canfora e menta che mi seccava la gola e mi faceva agitare.

Sapeva che sarei stata dietro un bancone a servire da bere

per sei sere a settimana. «Mi hanno presa» gli avevo detto quando ero tornata. Non gli avevo raccontato degli spettacoli. *Non capirebbe*, mi ripetevo, *mi accuserebbe di darmi in pasto a un pubblico di sconosciuti senza neanche aver valutato le conseguenze che potrebbe comportare*, e non c'era più tempo di discutere né di comprendere le sue eventuali ragioni, perché Ombra stava sempre peggio e io non avevo che quell'unica occasione per tentare di tenerla in vita.

Cara Lula, mi scriveva mio padre, *negli ultimi giorni tua madre e Morgana hanno studiato molto la sera, dopo aver messo a letto i bambini. Adesso sanno come si legge una carta natale. Ne hanno stampate diverse in bianco e nero, e sono spesso impegnate a discutere di come siano soprattutto gli ascendenti a incidere sul temperamento. Vederle così unite in quest'impresa mi mette addosso un'inconsueta fiducia nelle cose, ma nonostante tutto, la gatta è ancora stanca e non migliora, di notte si lamenta e durante il giorno respira con fatica. Morgana è arrivata a credere che se sapessimo la posizione che i pianeti avevano quando è venuta al mondo potremmo decifrare meglio il suo malessere, ma per fortuna nessuno l'ha presa sul serio, neanche i bambini. Quanto a me, continuerò a pensare al cielo come a uno spazio razionale. Ho tirato fuori dal capanno il vecchio telescopio e ogni tanto, di notte, mentre tutti dormono, mi diletto a indovinare le costellazioni come facevamo quando eri ancora una bambina.*

Avrei dovuto richiamare l'associazione del trasporto animali, pagare un anticipo e iniziare a organizzare le tappe del viaggio prima che fosse troppo tardi. Invece passavo le notti a sfogliare i quaderni in cerca di un indizio che mi permettesse di capire se avevo preso le decisioni giuste, se i soldi mi sarebbero bastati, se me li avrebbero dati in tempo. Ma tutto quello che ci avevo scritto dentro mi appariva irrilevante, così avevo tirato fuori dallo zaino l'arazzo che mi aveva regalato Bhag, continuavo a rigirarmelo davanti ogni volta che ero sola, ne ripassavo le trame con la punta delle dita. Adesso assomigliava al dermascheletro dei ricci che in passato Cristian mi portava in dono di ritorno dalle sue immersioni – gusci, puntellati di tubercoli in rilievo che precipitavano dentro un foro centrale. Quel vuoto aveva la capacità di allisciarmi i nervi, più lo fissavo più mi sembrava di affondare nella mia stessa carne. E a un certo punto non sentivo più niente, mi lasciavo assorbire completamente da quella soglia perfetta. Finché non approdavo a una dimensione senza suono e senza peso, dove i pensieri erano trame trasparenti su uno sfondo bianco. Carlo l'ho trovato lì.

Carlo aveva un furgone, un vecchio Berlingo che usava da anni per lavoretti e consegne nel territorio intorno a Roma. Ho pensato che avremmo potuto chiedere a lui. Che ci avrebbe portato Ombra in un tempo più breve, che a parte le spese da coprire in anticipo avremmo potuto saldare il conto in tempi più distesi. Alla fine era anche un modo, una volta tanto, per mostrargli la nostra fiducia. E avrei chiesto a Cristian di chiamarlo, se non fosse che con Carlo le cose erano diventate complicate – da quando aveva dato fuoco alla rimessa di Saverio le comunicazioni si erano interrotte definitivamente. «È Carlo» diceva Cristian ogni volta che il telefono si illuminava di una luce più intensa, vedeva comparire il suo nome sullo schermo. Allora restava a fissarlo in preda a un improvviso ottundimento. «Rispondi» gli dicevo. «Adesso no». Aspettava che la chiamata terminasse e tornava a disegnare una molecola, aggiustare la struttura tridimensionale di una proteina. A forza di veder lampeggiare quel numero l'avevo imparato a memoria.

Cristian continuava a ripetere che un incendio non è una fatalità. «Se è successo è perché Carlo è sempre più malato» mi diceva. Era convinto che il grosso lo facesse la genetica, e poi, nell'ordine: le cattive esperienze, la strada, gli effetti a lungo termine delle feniletilamine.

La soluzione era tenerlo tranquillo, dargli sempre ragione, sentirlo il meno possibile per evitare una crisi.

Di sicuro mi avrebbe convinta a trovare un altro modo, a pagare di più, aspettare di più. Io invece a un certo punto avevo capito che Carlo era la persona giusta, mi ripetevo che sarebbe stata un'occasione per riavvicinarli. Così a Cristian non ho detto niente, e il giorno dopo ho cercato una cabina e l'ho chiamato.

Non ho mai capito davvero cosa Carlo pensasse di me, se gli stavo simpatica o se gli ero totalmente indifferente, ma ho cercato di recuperare la mia voce migliore, quella più inoffensiva. Dalla cabina ho digitato il numero sulla tastiera mentre ripassavo mentalmente i punti chiave della mia argomentazione, volevo andare dritta al sodo, evitare passi falsi.

Carlo ha risposto dopo qualche squillo.

«Carlo?». «Sono Ludovica». «Ludovica la ragazza di tuo fratello».

«Ho capito» ha detto dopo un silenzio che mi è sembrato infinito. «Sono schizofrenico, non sono cretino».

In sottofondo potevo sentire i clacson delle automobili in mezzo al traffico di Roma, dagli altoparlanti dell'autoradio un coro polifonico eseguiva un'*Ave Maria* in latino toccando delle note molto alte.

«Senti Carlo, scusami se ti disturbo».

«È morto?» mi ha chiesto senza lasciarmi finire – *dóminus tecum, benedícta tu in muliéribus*, continuava a gracidare il coro, qualcuno aveva iniziato a insultare un autista implorandolo di sbrigarsi.

«No, Carlo». «Carlo, ascolta, se stai guidando ti richiamo dopo».

«Magari. È tutto bloccato». Ha abbassato il volume dell'autoradio lasciando spazio alla litania di clacson e imprecazioni che arrivava da fuori. «Dimmi» mi ha invitata a parlare come se nonostante tutto avesse fretta.

Dall'interno della cabina la città era un universo senza suono evaporato da una scatola di vetro, un marchingegno evanescente dalle sembianze di un gigantesco diorama. Mi sono avvolta il filo del telefono attorno alle dita come non facevo da troppo tempo, e ho cominciato a parlare.

Carlo mi ascoltava in silenzio, raccontargli di me e Cristian mi piaceva, era come aver recuperato una lingua antica, che veniva fuori senza interruzioni. Una parola dopo l'altra mi sembrava di vederci finalmente chiaro, mi sono accorta che non parlavo veramente con qualcuno ormai da mesi. Carlo emetteva di tanto in tanto degli "mmmh" per dire che aveva capito. Più andavo avanti, più diventavano infrequenti. Finché non gli ho proposto del viaggio ed è tornato in silenzio.

«Carlo, mi senti?».

«Ma lui lo sa?» mi ha chiesto a un certo punto come se di colpo si fosse risvegliato.

«Gli facciamo una sorpresa» ho improvvisato. Ero sollevata di sapere che ci fosse ancora, per un attimo avevo temuto che fosse caduta la linea o che avesse riattaccato e quel pensiero mi aveva messa a disagio.

«Significa che posso restare da voi per un po'?».

«Certo, è così tanto che non ci vediamo, non credi?».

«Sì».

«Ecco, infatti, e allora vedi che è una bella idea».

«Infatti, una bella idea» ha detto Carlo.

«Un lavoro per te, e un'occasione per rivederci» ho pulito con il bordo del maglione il vetro della cabina dalla condensa che nel frattempo aveva cancellato la città.

«Proprio una bella idea» ha ripetuto Carlo scandendo le parole con una voce molto calma.

All'inizio quel suo modo così pacato di rispondere a prescindere dall'argomento mi faceva preoccupare – «Sono le medicine che prende» mi diceva Cristian quando glielo facevo notare. Tuttavia, le poche volte che mi era capitato di incontrarlo, Carlo mi era sembrato una persona normale. Alla fine era uno che aveva perso sua madre quando era ancora molto piccolo ed era cresciuto a pane e rave nelle campagne dell'Agro Pontino. Ma di base era una persona onesta, le cose che doveva fare in un modo o nell'altro le portava a termine.

Ci siamo promessi di risentirci "molto presto", gli avrei inviato in anticipo i soldi per coprire le spese del viaggio e l'avrei messo in contatto con Morgana. Avrebbe pensato lei a reperire i documenti necessari al trasporto di Ombra e al microchip. Il tempo di ottenere quei fogli e Carlo sarebbe andato a prenderla già sistemata nel trasportino.

«Perfetto» ha detto Carlo.

«Grazie Carlo» gli ho detto scegliendo la mia voce più sincera, sapere che avevamo un piano mi rassicurava.

«Non c'è di che» ha detto lui, e ha riattaccato senza salutare.

LABIRINTO

Cristian mi guardava uscire sempre con addosso un jeans e una camicia nera. «La mia barista» mi parlava nel sonno quando a notte fonda dopo una doccia calda m'infilavo a letto. «Cosa mi offri da bere?».

«Tutto quello che vuoi» gli dicevo. Adesso ero io ad accarezzargli la testa come a rassicurarlo rispetto a qualcosa che in realtà non sapeva. E avrei voluto raccontargli di Darla e di come mi aveva quasi ricattata, o di come Trisha ci insegnava a mostrarci pericolose e allo stesso tempo attraenti, invece chiudevo gli occhi e non dicevo niente, continuavo a vedere Bhag che mi veniva incontro con gli spilli tra le labbra, i suoi ragazzi con lo smalto sulle unghie inginocchiarsi a misurarmi la distanza tra le caviglie e l'ombelico.

Il costume era un involucro leggero, sembrava l'ala di un insetto, qualcosa che avrebbe potuto smagliarsi da un momento all'altro e che Bhag mi aveva spiegato essere dotato di una proprietà particolare, la traslucenza. Darla mi aveva mostrato come indossarlo senza strapparlo la prima sera che avevo partecipato alle prove. Aveva infilato le gambe e le braccia nei buchi appiattendo la pancia e se lo era srotolato lungo i fianchi fino a stenderlo sul seno. Ero rimasta a fissarla moltiplicata dagli specchi dei camerini. A quella base avremmo aggiunto maniche ampie o squadrate dalle trame capillari e precise, gonne lunghe o pantaloni palazzo di diversa lunghezza a seconda dell'esigenza. Tutto si infilava e si sfilava senza necessità di cerniere o bottoni, ma attraverso gancetti e bretelle invisibili, chiusure in velcro e lacci sottili. La sartoria di Bhag ci teneva a confezionare ogni pezzo in modo che risultasse essenziale. Il concetto era "molto semplice", trascrivevo sul secondo quaderno dividendo il discorso in sequenze: *rivestirci di un tessuto epiteliale*, segnavo accanto a uno sciame di punti e trattini, una cuticola elastica che ci avrebbe modellato i corpi conferendogli *una forma oltreumana*, sottolineavo tre volte.

«Come una calza di squame o una pellicola di scaglie» aveva detto Darla per risultare esaustiva. *Dove la luce entra sempre senza lasciarti guardare*, avevo tradotto accanto al disegno di uno spettroscopio a prisma.

«Attirare e respingere» era il mantra di Trisha, suggerire l'idea che le nostre vagine avrebbero potuto avere anche i denti. «L'ideale di gomma che tutti hanno in testa è così rassicurante e inoffensivo, intaccare quell'immagine è il nostro primo obiettivo».

Darla mi osservava seguire con difficoltà il ragionamento, di tanto in tanto sorrideva davanti alla mia espressione spaesata.

«Dimentica tutto quello che sai, fidati di Trisha e di quello che ti chiede» mi ha liquidata una sera. «È una cosa che possiamo fare tutte, ma funziona solo se ci credi».

Cara Lula, mi scriveva mio padre, *la gatta non esce più da giorni ed è tornata a rintanarsi nel capanno degli attrezzi, Morgana la nutre spremendole in bocca piccole siringhe di carne frullata, le racconta storie ad alta voce rivolgendo canti di preghiera a un presunto dio dei gatti. Mi ha informato della tua decisione e ne prendo atto, sebbene si tratti di operazioni complicate, l'augurio è che tutto possa risolversi per il meglio e il più in fretta possibile.*

Tra una settimana le sarà iniettato il microchip. Ci hanno assicurato che sarà un'operazione indolore, che il dispositivo ha le dimensioni di un chicco di riso, che le resterà per sempre sotto il grasso del collo senza muoversi di un millimetro. Trovo affascinante come la tecnica stia procedendo a grandi passi verso l'infinitamente piccolo, ma questo non mi distoglie dal voler comprendere più a fondo i meccanismi siderali. Nella serra sono giunto finalmente al punto di rugiada, ho capito così che c'è un legame strettissimo tra pressioni e temperature, è da quel rapporto che dipende la forma dell'acqua.

Ogni notte, mentre Cristian dormiva, tiravo fuori l'arazzo che avevo sistemato nella fodera del cuscino, restavo a osservarlo finché non crollavo. Avevo iniziato a rivolgergli una lista di invocazioni, come se fosse il buco di una serratura e un'entità misteriosa potesse ascoltarmi dall'altra parte. «Fa' che Carlo arrivi in fretta» bisbigliavo. «Fa' che vada tutto bene».

Sognavo Ombra, se ne stava dritta sulla soglia nella posa di una madonnina di pietra e mi fissava. Cacciava fuori dagli occhi lacrime di un sangue caldo e denso che cadevano sul pavimento producendo un angosciante gocciolio, come di un rubinetto che perde. Mi svegliavo spesso con la sensazione di annegare. Allora cercavo Cristian, facevo scorrere le dita tra le pieghe delle lenzuola, ma non lo trovavo mai. A volte lo sorprendevo nella doccia che faceva la pipì, lo chiamavo ma non mi rispondeva, s'incamminava verso il soggiorno come se io non ci fossi e andava a sedersi sul divano. «Crì» gli accarezzavo la nuca «per favore, mi fai spaventare» lo imploravo. Lui non rispondeva, ricominciava con le inspirazioni. «C'è pace» diceva serrando i pugni. «C'è una grande pace quaggiù». Allora gli prendevo una mano e l'aprivo, ci infilavo dentro la mia, cominciavo a cantargli una nenia che mi aveva insegnato Inge da bambina. Finché non si riaddormentava, e così mi addormentavo anch'io.

La mattina la luce era sempre troppo forte e ci svegliava. Se glielo chiedevo, Cristian non si ricordava niente. Mi dicevo che stavamo diventando come quei pesci che si comprano al mercato e si portano in giro in una busta di plastica, poi si lasciano a morire dentro una boccia di vetro.

Eravamo sette nella compagnia, i nostri nomi erano ridotti a iniziali, portavamo i capelli raccolti sapendo già che li avremmo sciolti alla fine. Trisha ci chiamava "le muse". Durante le prove restava al centro della sala nei suoi dolcevita smanicati, gli orecchini che le pendevano dai lobi allungati. Ci controllava apparire e sparire dietro la tenda di velluto, avvicinarci e allontanarci le une dalle altre a piedi scalzi come ci aveva insegnato. Prendeva note mentali da riferirci alla prova successiva – assorbire l'addome un attimo prima di ruotare il bacino, rilasciare i glutei alla fine di ogni piegamento come per effetto di un colpo di frusta. Ai suoi occhi i nostri corpi erano polpe vischiose rivestite di sottili ispessimenti, strutture fragili che si innervavano attorno a cartilagini cerose. Il pubblico doveva trovarci incantevoli e allo stesso tempo spaventose, quel meccanismo ci avrebbe tenute al sicuro.

Spezzettava i movimenti in sequenze più piccole per farcele memorizzare: alzava le braccia, le prime tre dita in contatto, le altre due in estensione a richiamare l'universo fatato di una trapezista, e poi ci mostrava come si butta una testa all'indietro lasciando intuire una gola. Accennava un sorriso, sbatteva le ciglia, e subito dopo ci mostrava come soffia una pantera, mostrando i denti. L'eleganza che cercava di insegnarci era feroce e quasi sempre mi paralizzava. I passi erano semplici, ma all'inizio li sbagliavo comunque tutti. Accecata dai faretti mi capitava spesso di inciampare.

Allora Trisha batteva le mani, veniva avanti verso il palco.

«Ti svelo un segreto, Elle» restava a fissarmi con le mani sui fianchi. «Non serve essere perfette, basta essere precise. Ce la fai?».

In quei momenti avrei voluto che una botola m'inghiottisse all'istante, sentivo il calore avvamparmi le guance, la lingua essiccarsi dentro un sapore sgradevole che mi otturava la gola e mi faceva annaspare. Continuavo a ripetermi che non avrei dovuto accettare, che avrei dovuto trovare una soluzione diversa.

«Si può sapere che hai?» mi ha chiesto Darla una sera trascinandomi nei camerini.

«Ti avevo avvisata» le ho detto. «Non fa per me».

Ho ripensato alle lezioni di algebra, al giorno che ero andata in copisteria per fotocopiare la prima edizione dei *Fondamenti* di Hilbert – la sensazione che da quel momento avrei potuto misurare tutto, dalle equazioni difficili alla certezza di non essere abbastanza.

La mia vita iniziava a sembrarmi un carnevale gotico, una festa che ha tutti i presupposti per finire male. Non riuscivo più a trovare una definizione esatta a cui aggrapparmi, non esisteva alcuna formula che avrebbe potuto aiutarmi.

Darla si è infilata la vestaglia kimono, ne ha tirato fuori un blister di pastiglie azzurrine.

«Tieni» me ne ha spinta una tra i denti come un piccolo gettone. Era amara, e aveva la consistenza delle ossa che si sgretolano.

«Che roba è?» l'ho sputata fuori per istinto con la punta della lingua.

«Ingoia, mamma-gatta». È venuta a portarmi un bicchiere. «Fidati, ti servirà».

Collezionavo discorsi a metà, stralci di frasi che Trisha pronunciava e di cui afferravo il senso prova dopo prova, associandoli a gesti e movenze che le altre facevano e che io cercavo di imitare. *Quanto più i piedi affondano tanto più la testa si solleva*, prendevo nota, *quanto più le dita si allargano tanto più l'ombelico si restringe*, trascrivevo le nuove parole.

Era sempre una questione *di dove e di quando*; per ogni *prima* c'era sempre un *dopo*, per ogni *davanti* un *dietro*. Tra le pagine del secondo quaderno il mio corpo aveva assunto le sembianze di un diagramma di carne. Ed era davvero difficile tornare a spogliarmi, resistere alla tentazione di scappare un attimo prima che iniziassimo di nuovo a provare. Ma ogni volta che Darla mi passava il bicchiere, mi spingeva tra le labbra una pastiglia azzurrina, sentivo che non sarei potuta essere da nessun'altra parte. Era una sensazione che avevo già provato quando con Cristian andavamo a nuotare e lui mi stringeva se l'acqua diventava alta, ma adesso lui non c'era e i miei piedi erano piantati a terra. Oltre l'idea che avevo di me stessa esisteva qualcosa in quel posto che mi corrispondeva.

Non si trattava tanto di eseguire le sequenze su cui Trisha ci istruiva, erano le sue indicazioni di indirizzo a fornirmi la misura del punto in cui iniziano e finiscono le cose. Per ogni spinta ne esisteva sempre e comunque una *uguale e contraria*, in un continuo singhiozzo che procedeva per bilanciamenti. Respiravamo sempre prima *da fuori a dentro*, e solo dopo *da dentro a fuori*, scrivevo. In una successione ritmica di estroversioni e introversioni, in cui le pance si allargavano e si appiattivano, i petti si alzavano e lentamente, un singhiozzo dopo l'altro, si abbassavano di nuovo.

«Attente!» ci sgridava quando qualcuna si sganciava da quella contrazione che ci teneva insieme. Ci comandava come un organismo pluricellulare, una piccola marea.

Era Darla ad aiutarci a stendere l'illuminante sulle guance e intorno alle clavicole prima degli spettacoli, a decorarci le braccia con i brillantini. Ci metteva in guardia dalle insidie dello smalto passato con la sinistra, dai piegaciglia troppo aggressivi, sapeva tutto di come si incolla un'extension, di come si stende un ombretto fluo. Era la prima a dispensare pillole di ibuprofene e sorsi d'acqua rigorosamente senza bollicine, l'ultima a uscire dopo che tutte ci eravamo rivestite. «Copriti», ci pizzicava le natiche, «sbrigati», «bevi», ci passava nastrini e bicchieri. Tra di noi era la più giovane ma aveva il piglio dell'allevatrice.

«È il momento di lasciar andare i vostri pezzi» ci ripeteva Trisha quando entrava nei camerini per controllare che fossimo pronte ad andare in scena.

Finché non ci chiedeva di saltare sul posto, facendo oscillare le braccia e le gambe come a fare e disfare una stella.

«Chiudete gli occhi, lasciatevi stordire» ci girava intorno. E solo quando tutte cominciavamo a sudare ci chiedeva di fermarci, e sottovoce, una parola dopo l'altra, iniziava a dettare.

«La vostra testa».

«Il centro della fronte, la nuca».

«La punta del naso, e poi il mento».

«I glutei».

«Le vertebre».

«Le scapole».

«E tutto il dietro insieme».

«L'addome»

«Il torace».

«L'ombelico».

«E tutto il davanti insieme».

Ci invitava a strizzare i muscoli trattenendo il respiro fino a tremare, come a mungere la nostra essenza. Dovevamo contenerla fino a farcela salire in gola. E solo quando ci sembrava di morire potevamo farla scivolare a terra.

Era sempre così che il calore dei corpi si mischiava agli unguenti che ci avevamo spalmato sopra, sprigionando una sostanza appiccicosa e zuccherina. Trisha lo chiamava "il nettare", e a me sembrava di precipitare in una materia più densa, che fino a prima mi era stata lontana. Così, come si piega la luce quando entra nel vetro o nell'acqua, allo stesso modo io mi spezzavo una volta per tutte e irreparabilmente. E una prova dopo l'altra, una parola dopo l'altra, nell'intreccio degli specchi che mi stavano davanti imparavo a guardarmi per quella che ero. Una figura imperfetta, scomposta in frantumi, che niente e nessuno avrebbe potuto aggiustare.

Pensavo di essere immune al dolore, invece erano tornate le emicranie, poi le tempeste di spilli, e infine le vertigini. Curavo la disperazione con gli analgesici, l'ansia con le bugie. Cristian mi guardava come se fossi solo troppo stanca, era convinto che passassi le serate a servire pinte di birra al frumento e patate tagliate spesse a vecchi pescatori di anguille con tatuaggi sulle spalle a forma di ancore e gabbiani. Che avessi una collega di nome Olivia che si faceva chiamare Ollie e a fine serata mi metteva lo smalto e mi truccava gli occhi prima di prepararmi un gin tonic. Che il proprietario fosse un burbero scontroso di nome Harvey che ci pagava in banconote da cinquanta sterline a botta infilandocele direttamente nelle tasche dei jeans. E poteva capitare che mi trovasse qualche brillantino azzurro tra i capelli la mattina, o un filamento di cheratina sintetica tra le cuciture elastiche della biancheria, allora mi assaliva la tentazione di raccontargli tutto. Ma poi alla fine non lo facevo mai, dicevo solo: «Chissà come ci è finito» oppure: «Dev'essere stata la festa in maschera di venerdì». Lo pregavo di non venire a trovarmi perché in quel caso Harvey mi avrebbe di sicuro licenziata. E anche se quando tornavo mi avvolgeva le braccia intorno al petto, mi diceva: «Che buon profumo che hai» sfiorandomi la nuca con il naso, io rispondevo solo: «Patchouli» o: «Vetiver» come se non ci fosse niente di cui preoccuparsi. Perché tanto Cristian mi credeva sempre, si fidava di me completamente. E più mi massaggiava le unghie curate, mi diceva: «Che brava, hai smesso con le pellicine», mi spalmava il rossetto tutto intorno al mento come a volerlo succhiare, più mi convincevo che ogni notte, appena prima di dormire, non facesse che pensare a quella bambina che alla fine non era più nata e col passare dei mesi aveva assunto le sembianze di un nostro fantasma interiore. Io invece se chiudevo gli occhi vedevo solo il foro al centro del ricamo di Bhag, il punto fermo di una ruota che gira e gira e gira.

Non c'era niente di atletico negli spettacoli di Trisha, niente che ci spingesse tanto lontano dai nostri corpi da mortificarli o renderli ridicoli. Il suo era un erotismo raffinato e primordiale, un esercizio spirituale prima ancora che una performance estetica. E alla fine nessuna di noi si trovava lì perché si era sentita obbligata, né più né meno di quanto nella vita non si fosse sentita obbligata a fare qualcos'altro. Tutte, in un modo o nell'altro, ci eravamo ritrovate a fare i conti con l'incoerenza dei nostri punti cardinali. Il mio Nord non era mai sulla mia testa, il Sud era spesso lontano dai piedi, l'Est e l'Ovest potevano coincidere. Un giro dopo l'altro mi allenavo ad allungarmi in diagonale, svilupparmi in larghezza. Ruotavo i polsi dieci volte in un verso, dieci nell'altro, tiravo in alto le braccia e lentamente le riportavo indietro. Più percepivo il mio peso più mi sentivo concreta, la gravità era una forza che mi sosteneva.

Eclissato dalla luce dei faretti il pubblico era un'entità indistinguibile, non riuscire a vederlo mi aiutava. Era solo tra il primo e il secondo tempo che venivo assalita dal panico, quando tutte lasciavamo il palco dalle scalette laterali mentre la sala precipitava nel silenzio in attesa che tornasse Darla. Era il momento su cui il locale puntava la maggior parte degli incassi, c'era gente che arrivava direttamente a quell'ora.

Darla lo faceva come si fanno le cose che si imparano a fare meglio, con la stessa dose di insofferenza e presunzione.

«Devi avere in mente un concetto pilota» mi aveva detto una sera nei camerini sfilandosi di dosso il costume e tirandosi fin sopra la vita il tessuto elastico dei pantaloncini di latex. «Trisha è fissata con la calamita, le faccio credere che per me è lo stesso, ma alla fine ho in testa solo una dea che fa la prostituta».

Erano anni che eseguiva quel numero, ma più di una volta avevo avuto l'impressione che ne fosse stufa.

«Mia madre è iraniana, e allora?». Si spalmava la melassa sul seno prima di immergerlo nelle codette di zucchero. «Non sopporto la musica etnica, se potessi ascolterei solo big beat».

Di solito compariva sotto un cono di luce soffusa che le faceva spiccare tra i capelli neri le piccole extension color fiordaliso. Li portava sciolti per l'occasione, ed erano abbastanza lunghi da sfiorarle il fondoschiena. Un copricapo di pendenti le cospargeva il seno di un luccichio verderame. Cominciava sempre con dei brevi colpi dell'addome, facendo leva ora su un alluce ora sull'altro, come a richiamare una danza ancestrale. E non appena la luce diventava decisa e il sottofondo chillout sconfinava nel lamento esotico, si avvolgeva i capelli intorno ai polsi, e spingendoli in alto iniziava a girare.

Trisha lo chiamava "l'invito" ed era solo così che realizzavo che la sala era piena. Mille tacchi e lacci e orli di pantaloni e qualche gonna s'intravedevano tra i chiaroscuri della moquette, nello scrosciare di mani che portava il tempo di fronte a ogni singolo movimento che Darla lentamente, ripetutamente, eseguiva sotto quel fascio di luce tagliente che la faceva brillare. Informazioni che avevo imparato ad affogare nel gin prima che salissimo di nuovo tutte sul palco, non appena la base elettronica diventava insistente e le luci stroboscopiche davano inizio alla discoteca. Allora ci scioglievamo le trecce, iniziavamo a ballare con il rimmel liquefatto dal sudore, a ogni salto più spettinate, fino a formare intorno a Darla un cerchio di protezione. E a mano a mano che il pubblico ci raggiungeva sul palco, ci si stringeva addosso a forza di spintoni, ci lasciavamo inghiottire da un rito che assomigliava a una lotta e che sarebbe durato per ore.

Il mio riflesso appariva e spariva nei finestrini dell'Overground che mi portava a casa di notte. Dall'altra parte del vetro la città era un salto continuo nelle vite degli altri – palazzi grandi che si lasciavano alle spalle immensi ponti di ferro, venivano inghiottiti dai parchi, ricomparivano poco dopo sotto forma di case più piccole. *Nell'immagine speculare di una figura gli angoli sono sempre uguali agli angoli corrispondenti della figura originaria*, scrivevo sul secondo quaderno, *ma è al moltiplicarsi dei riflessi e al variare delle angolazioni che si accede a una serie infinita di forme e modelli*, traducevo in una lingua imperfetta che certe volte sembrava irreale. Nella mia testa la voce di Trisha si confondeva ai vecchi assiomi di geometria, alle definizioni della *Piccola enciclopedia*, faceva da sponda alle notizie che una settimana dopo l'altra avevo strappato e incollato al centro o ai bordi delle pagine.

Un grattacielo era andato a fuoco a North Kensington, l'incendio aveva prima invaso la cucina di un appartamento e solo dopo dagli infissi si era diffuso ai rivestimenti d'alluminio. Per settimane avevo ritagliato le notizie dell'indagine, colonne in cui veniva ricalcolato il bilancio dei morti, fotografie sempre più nitide in cui gli inquilini dei piani più alti si gettavano dalle finestre. Quel grattacielo avrebbe potuto essere il nostro, le loro forme erano sovrapponibili, continuavo a sentirmi in colpa perché non era capitato a noi. *Innesco*, scrivevo, *fase iniziale di un fenomeno che si manifesta in modo più o meno rapido a seguito di determinate condizioni.* E poi, subito dopo, *reazione a catena*: *serie di eventi che si propagano dall'uno all'altro, producendo effetti indesiderati, in grado di autosostenersi*, traducevo.

I miei soldi aumentavano. Li sfogliavo con le dita a fine mese dividendoli in mazzetti per contarli più velocemente, verificavo in controluce la filigrana e li infilavo in buste trasparenti che tenevo schiacciate sotto le doghe del letto. Il sole tramontava sempre più tardi, Cristian rientrava a casa che ero già uscita, quando tornavo nel dormiveglia mi riservava lunghi baci della buonanotte. Non faceva domande, si lasciava bastare quello che gli raccontavo: stare in piedi per cinque ore mi faceva gonfiare le gambe; era difficile in mezzo al brusio delle richieste decifrare i diversi accenti al bancone.

Una sera è tornato prima che uscissi, l'ho visto entrare preceduto da un enorme pacco di cartone. Mi è venuto incontro e l'ha poggiato sul divano, mi ha baciata frettolosamente, poi ha iniziato a rompere lo scotch aiutandosi con un taglierino.

«Cos'è?» gli ho chiesto. Erano mesi che pensava solo al nuovo progetto che il centro di ricerca gli aveva affidato, un virus che cercava di sconfiggere i tumori attivando il sistema immunitario dei bambini, non mi veniva in mente niente che avesse a che fare con quell'impresa e che potesse stare dentro una scatola di quelle dimensioni.

Cristian si è seduto di fronte al pacco, ha cominciato a strapparne via i lembi che stentavano a snodarsi dalle fasciature di nastro adesivo. Dentro c'era un ammasso di carta velina, e ancora sotto una busta di plastica trasparente sigillata che lasciava intravedere un tessuto satinato.

Ha cominciato a sorridere, di tanto in tanto si voltava a

guardarmi come a cercare uno sguardo complice, verificare se avevo capito. Finché non l'ha tirata fuori, si è alzato in piedi e me l'ha mostrata intera. Adesso, indietreggiando verso la vetrata, la reggeva per le spalle soddisfatto.

«Una muta».

«Già». Cristian si è avvicinato alla vetrata per guardarla meglio con la luce che veniva da fuori, ci ha passato sopra le dita per sentire se era liscia come l'aveva sognata.

«Ho trovato una piscina, fanno un corso di apnea in convenzione con il centro di ricerca». Il suo sguardo era tornato a luccicare come non succedeva da molto tempo.

«Sono contenta» gli ho detto. «Ultimamente lavori troppo».

Cristian si è seduto sul divano, mi ha preso una mano e se l'è portata al petto. «Vedi?» ha inspirato l'aria gonfiando prima la pancia e poi il torace, l'ha trattenuta e l'ha lasciata uscire fuori. Poi ha inspirato ancora tutta l'aria in una volta, mi ha guardata. E a un certo punto ha smesso di respirare.

Avevo tinto i capelli di rosa, li avevo accorciati fino alle scapole come ci aveva chiesto Trisha per lo spettacolo estivo. Cristian mi aveva vista separarli in ciocche davanti allo specchio del bagno, passarci sopra un pennello di crema e rivestirli di carta stagnola.

«Sei sicura?» mi chiedeva.

«L'ho promesso a Ollie» lo tranquillizzavo. «Per una volta che ho un'amica non voglio che si stanchi di me».

Non ricordavo più l'ultima volta che gli avevo raccontato una cosa vera. Di notte continuavo a contare i soldi, avevo quasi raggiunto la cifra che mi serviva e ne avevo già inviato una parte a Morgana in una busta da lettera, ma non riuscivo più a pensare alla mia vita senza le serate al Lodestone e questo mi faceva sentire perversa. Ogni volta che io e Cristian facevamo l'amore speravo di restare incinta, mi dicevo che solo una gravidanza mi avrebbe liberata da quella specie di destino. Cristian mi accarezzava la schiena, si lasciava succhiare le dita, si addormentava sempre con la testa sul mio seno ma alla fine non succedeva mai. *Slatka-vila*, mi chiamava la mattina, e io pensavo che avrei voluto sposarlo, che forse meritavo di morire.

Da quando ci eravamo trasferiti nel grattacielo avevamo ripreso a camminare. Uscivamo soprattutto di domenica, ci immergevamo nelle folle appiccicose delle metropolitane, ci lasciavamo trascinare dalle scale mobili dentro fiumi di persone fino ai banchi di fiori, alle casseruole di noccioline caramellate che spuntavano a ogni angolo dietro un sottopassaggio o davanti a un semaforo. Cristian mi cercava con lo sguardo, tra la gente, io gli sfioravo i pantaloni con la punta delle dita per assicurarmi che ci fosse ancora. Ogni volta che mi tornava incontro nella confusione di un concerto o davanti a uno spettacolo di maghi, sollevando verso il cielo una bustina di bagel, due bicchieri bollenti con cui avremmo potuto scaldarci le mani, mi era chiaro che lo amavo. Era sempre affondando i denti nel salmone affumicato o bevendo un sorso di tè nero che giuravo che avrei dimenticato il Lodestone, le pasticche di Darla e il modo in cui la gente ci guardava, mi sarei trovata un lavoro normale. Lo facevo in silenzio, e forse era prima di tutto una promessa che facevo a me stessa, ma alla fine il giorno per mantenerla non arrivava mai, e questo molto spesso mi turbava. Per anni mi ero percepita come un essere introverso e cerebrale, e invece adesso non vedevo l'ora di salire sul palco, precipitare in mezzo alla mischia di persone che a fine spettacolo mi avrebbe trascinata da una parte all'altra. Cominciavo a pensare alla mia vita come a un teatro di crudeli incoincidenze, dove niente era mai uguale a se stesso e i giorni ingoiavano gli anni, i minuti si mangiavano le ore. E mi era sempre più chiaro che non basta capire le cose per imparare ad assorbirne le trasformazioni, che a tenere in piedi il mondo era un conflitto irrisolto tra materia e intelletto.

Cara Lula, mi scriveva mio padre, *la traversata della gatta si avvicina e noi tutti speriamo che sopravviva al viaggio. Morgana si è occupata di raccogliere la documentazione e ora l'animale ha tutte le vaccinazioni necessarie, persino un passaporto con la foto. Lo trovo incredibile, e non ti nascondo che in più di un'occasione pensarci mi ha fatto sorridere. I bambini invece sono di pessimo umore e non vorrebbero lasciarla andare. La piccola Alice ha pianto per giorni e non voleva saperne di farsi vedere a cena; anche Alan è diventato intrattabile, rompe tutto quello che si trova davanti e lo fa per dispetto. Anita poi è un discorso a parte, non perde occasione di rimproverarci tutti per le nostre scelte inconcludenti, continua a minacciare di scappare, vuole vivere in città. Sono molto affezionati a tutti questi gatti che con il passare dei mesi non hanno fatto che moltiplicarsi ancora. Ma Ombra è diversa, non ci vede, da sempre occupa nei loro cuori un posto particolare. Ho cercato di distrarli con la serra, di spiegargli quanto serve all'acqua per passare da uno stato all'altro – al vapore per trasformarsi in pioggia, alla pioggia in ghiaccio. È bastato poco perché iniziassero a chiedermi in quanti secondi si forma una goccia, quanti minuti servono perché un temporale finisca, perché le stagioni iniziano sempre nello stesso giorno ma l'orario muta. Domande a cui io stesso non so rispondere, ma che mi spingono a cercare ancora.*

Ho staccato dagli orologi rotti tutte le lancette, le ho incollate sull'ultima pagina del secondo quaderno aiutandomi con una pinzetta. *Goccia*, ci ho scritto sotto, *piccola quantità di liquido che si forma per lenta aggregazione di particelle su una superficie.* L'ho tradotta e l'ho riletta mille volte fino a che non ho sentito niente.

Ogni settimana arrivava un pacchetto, una scatola di medie dimensioni, una busta imbottita sigillata con lo scotch. Dentro c'erano maschere di vetro temperato, pinne più o meno flessibili, tappanaso. Cristian me li mostrava la mattina prima di uscire, mentre gli albumi si cuocevano nel burro della colazione.

«Sai quanto dista da qui la spiaggia di Dorset?». Lo sentivo fischiettare nella doccia.

«No» gli rispondevo girando le frittelle per non farle bruciare.

«Centoventi miglia» faceva capolino strofinandosi i capelli bagnati nel cappuccio dell'accappatoio.

«Che tradotto sarebbe?».

«In macchina sicuramente meno di tre ore» veniva a darmi un bacio sulla tempia, mi versava un po' di latte nel bicchiere.

Ormai avevo imparato a buttarmi giù dal letto per il piacere di condividere con lui quella mezz'ora, mi rimettevo sotto le coperte appena se ne andava. Certe volte mi capitava di chiudere gli occhi e non sapere più che aspetto avesse la mia faccia, ma non riuscivo a cancellare la sua bocca deformata dalle maschere di vetro, le dita raggrinzite con cui tante volte l'avevo visto aggrapparsi alle maniglie dei gommoni quando risaliva dalle sue immersioni. «Vieni giù» mi chiamava con quella voce di galleria che gli veniva dopo che era stato sotto. Per anni lo avevo seguito con il fiato smorzato, lo sguardo incredulo quando tra una bracciata e l'altra avevo aperto gli occhi per sbirciarmi i piedi. Per me l'acqua era sempre troppo fredda, avevo l'impressione costante che potesse abbassarmi i battiti al punto da fermarmi il cuore. Finché non cominciavo a gridare. Allora Cristian mi veniva incontro soffiando a pelo d'acqua come un mostro. «Ti amo», mi baciava. «Ti amo più di tutto», mi stringeva incastonando tra le pieghe del mio collo il suo sorriso.

A volte ripensavo a quegli eventi come impronte di un passato preistorico, dove io ero un'altra me, Cristian era un altro Cristian. Eppure c'era un nucleo di senso, una parte morta sopravvissuta al nostro sentirci vivi. Resti integri, o forse del tutto parziali, che continuavano a tornarci indietro incapsulati dentro frammenti di frasi, gesti eseguiti il più delle volte soprappensiero.

«Siamo allotropi di quelli che eravamo» mi ripeteva se glielo facevo notare. «Forme pure dello stesso elemento che differiscono per la struttura».

Adesso al polso aveva di nuovo il cronometro che indossava sempre le prime volte che mi portava al mare.

«Pronta?» mi coinvolgeva nei suoi esercizi di apnea sul

divano, faceva partire il conto alla rovescia e iniziava a trattenere il fiato. Vinceva sempre lui, ma una volta ero riuscita a farlo ridere incrociando gli occhi e lo avevo battuto.

«Mi manca quella quiete» mi diceva. «La sensazione di vuoto che sopraggiunge quando la luce diminuisce e le pupille si allargano». Di solito restava a fissare le finestre tutte uguali dei palazzi di fronte prima di smettere di parlarmi di quella sua passione. Preferiva raccontarmi delle riunioni con gli americani, delle pressioni delle aziende e dei risultati che all'ospedale stavano ottenendo.

«È come se lentamente, un mese dopo l'altro, tutti gli sforzi andassero a comporsi in una prospettiva» mi prendeva le mani «ma è una corsa, bisogna intervenire in fretta, più bassa è l'età dei pazienti più veloce è la degenerazione cellulare».

Sempre più spesso mi ritrovavo a chiedermi se nella sua maniera di classificare il mondo la specie umana non occupasse un posto di rilievo, se ogni tanto potesse capitargli di pensare a un animale come a una persona, qualcuno che prima di morire può insegnarti qualcosa sulla vita.

Poi una mattina, mentre mi passava le uova si è fermato.

«Hai chiamato l'associazione per il viaggio di Ombra?» mi ha chiesto come se si fosse appena ricordato.

Io ho preso le uova, l'ho guardato.

«Ho chiamato Carlo» gli ho detto.

Carlo è arrivato una domenica di agosto mentre il sole scompariva tra i palazzi e il cielo diventava blu turchino. Io e Cristian lo aspettavamo davanti alla vetrata, i tram irradiavano la strada ai nostri piedi di scie luminosissime che svanivano nel giro di poco senza lasciare traccia.

«A volte ho nostalgia del buio» gli ho detto. «Mi rassicura che quest'ora della sera duri ogni giorno qualche minuto in meno». Cristian ha smesso di fissare le finestre di fronte, un puzzle di esistenze su cui di tanto in tanto ci capitava di fantasticare ma di cui in realtà non sapevamo niente. È andato a riempirsi un bicchiere di vino.

Non mi parlava da settimane, secondo lui ero stata un'incosciente a coinvolgere Carlo in quell'affare. Primo, Carlo non aveva mai affrontato un viaggio così lungo – aveva chiuso il computer e l'aveva velocemente sistemato in borsa la mattina che gliel'avevo confessato. Secondo, Carlo era completamente inaffidabile – aveva scavato con le dita nel barattolo delle monetine e se ne era infilate alcune nelle tasche del giaccone come faceva sempre per consegnarle ai senzatetto che incontrava nel tragitto che lo portava al treno. E c'era un terzo punto, mi aveva rivolto un dito contro come non aveva mai fatto prima: «Carlo mi odia, è impossibile prevedere quello che potrebbe fare». Si era voltato sull'uscio prima di chiudersi la porta alle spalle.

Quando Carlo ha chiamato per dirci che stava arrivando mi è sembrato di congedarmi da un film dell'orrore, uno di quei calvari in cui muoiono tutti in condizioni raccapriccianti tranne la protagonista, a cui è affidato il compito esclusivo di soffrire. Avevo già immaginato diverse modalità di incidenti, Carlo con la fronte insanguinata sul volante, Ombra che miagolava per la prima volta nella vita, fino allo sfinimento. Diverse volte mi ero disperata all'ipotesi che la mia decisione fosse stata effettivamente imprudente.

Cristian mi ha raggiunta davanti alla vetrata, è rimasto in silenzio a rigirarsi il vino nel bicchiere. L'ho visto mandare avanti e indietro l'annodatura delle mascelle serrando i denti come faceva quando era molto teso.

«Andrà bene» gli ho preso la mano. Lui l'ha tirata indietro, ha scosso la testa.

Lo zaino viola è stata la prima cosa che ho visto uscire dall'ascensore. Carlo era di spalle, si trascinava appresso il trasportino che pendeva tutto da una parte camminando all'indietro. Cristian gli è andato incontro per aiutarlo, l'ha abbracciato nel modo impacciato che aveva di fargli da fratello maggiore, sbattendogli più volte una mano tra le scapole, come per ringraziarlo di non essersi andato a schiantare.

«È viva?» gli ha chiesto non appena Carlo si è divincolato da quella stretta. Era pallido, e le sue occhiaie erano più pronunciate del solito. Si è passato una mano sul viso, come se la luce al neon che illuminava il corridoio fosse troppo violenta, o come se si fosse svegliato da poco.

«Speriamo» ha sbuffato un sospiro alzando le spalle.

Mi sono avvicinata al trasportino senza quasi salutarlo, ho infilato un dito tra le grate.

Ombra se ne stava raggomitolata sul fondo come un vecchio pallone bucato, un muco trasparente le aveva incollato il pelo tutto intorno agli occhi rendendoli simili a due strette cicatrici. Non c'era niente in lei di lucido o brillante, ma una cresta di peli scuri si alzava e si abbassava di qualche millimetro lungo il dorso della schiena. Mi aveva raggiunta un odore familiare e insolito, sapeva di saliva e di benzina. «È viva» ho tirato un sospiro di sollievo.

Carlo non faceva che complimentarsi per le mie trecce rosa, l'ho ringraziato mille volte per il viaggio, gli ho sfilato lo zaino e l'ho riposto nella stanza di Darla dove Cristian aveva sistemato il trasportino. Era distratto dalle luci che continuava ad accendere e spegnere controllando a quale lampadina corrispondesse l'interruttore, emetteva degli "mmmh" di media lunghezza a prescindere dal punto in cui eravamo arrivati nella conversazione. Un rumore di coperchi ci aveva raggiunti dalla cucina non appena gli avevo mostrato il bagno.

«Che si mangia?» ha chiesto.

Cristian ci è venuto incontro, aveva già sistemato sul fornello la pentola con l'acqua. «Carbonara» ha detto prima che Carlo si chiudesse in bagno. Era da tanto che non lo vedevo cucinare.

La stanza di Darla era un cubicolo che avevamo rivestito di una carta da parati bianca e nera, c'era ancora il vecchio letto singolo, e il piccolo scrittoio accanto alla finestra con le lettere che mio padre mi inviava. Ombra ci aspettava nel trasportino che Cristian aveva lasciato chiuso sul pavimento in attesa che si ambientasse, come il veterinario si era raccomandato di fare. È rimasta a lungo sulla soglia dopo che l'abbiamo aperta, annusava l'aria puntando il naso verso il soffitto con l'espressione incredula di chi non sa dove si trova.

«Diosanto, *draga-sjena*» ha detto Cristian quando è uscita. La coda le tremava, e il pelo in alcuni punti era del tutto assente. Si è fermata contro i nostri piedi, spingeva la testa ora sulle mie caviglie ora su quelle di Cristian facendo avanti e indietro tra i nostri corpi come se fossero una vecchia casa.

«Ci avresti mai scommesso?» mi sono stretta a Cristian. «Ci ha riconosciuti».

Cristian mi ha baciata. «Sono ubriaco» ha detto. Mi è tornato in mente un vecchio assioma per cui di tre punti su una retta, ce n'è sempre uno che giace fra gli altri due. Per un attimo ho creduto che da quel momento la nostra vita si sarebbe ricomposta una volta per tutte.

Carlo è entrato senza bussare, sgranocchiava un pugno di mandorle che aveva trovato in cucina. «È qui che dormirò?» ci ha domandato.

«Sì» ho detto io «le lenzuola sono pulite e nell'armadio abbiamo fatto spazio per i tuoi vestiti».

Ombra ha cominciato a camminare appiattendosi a terra come se avesse voluto strisciare, una zampa dopo l'altra si è allungata e si è diretta sotto il letto.

«C'è un problema» ha detto Carlo. «Io ho paura dei gatti».

«Sì» ha continuato vedendomi disorientata «ho paura dei gatti liberi, ho paura che mi saltino addosso all'improvviso mentre dormo e mi facciano male».

Ho guardato Cristian in cerca di una spiegazione.

«Già...» ha detto come se si fosse appena ricordato il motivo «... nella campagna di Saverio, a Gaeta, uno dei randagi lo ha aggredito quando era bambino».

Carlo aveva smesso con le mandorle, era rimasto a fissarci senza dire niente come se avessimo tradito un vecchio accordo. In controluce avevo rintracciato il solco della cicatrice che gli tagliava la bocca ricomponendosi tra un labbro e l'altro. «Puoi dormire con la porta chiusa a chiave, faremo in modo che resti nella nostra stanza, che ne dici?» l'ho rassicurato.

«Sì» ha detto Carlo «mi sembra una buona idea», ha ricominciato a sgranocchiare le mandorle. Cristian mi ha guardata come chi teme le api guarderebbe un'incantatrice d'api, e ci siamo diretti in cucina.

Mi capita di ripensare a quella sera come a un raro momento perfetto. Avevamo una casa, eravamo insieme, Ombra era arrivata ed era viva. La tensione si era allentata con il vino e alla fine in poco tempo avevamo finito la terza bottiglia – Carlo e Cristian continuavano a farla girare sul tavolo dopo averne aperta una nuova, beveva solo chi scoppiava a ridere davanti al racconto di una figuraccia. Era strano vederli insieme, due bambini ingranditi che si ritrovano in una stanza troppo piccola per contenerli insieme. Ho fissa in testa questa immagine di noi che restiamo così, con le lacrime agli occhi a guardare le luci accendersi e spegnersi nelle finestre dei palazzi di fronte, io che a un certo punto allargo le braccia sul tavolo, gli prendo le mani a formare un triangolo, dico: «Abbiamo perso tutti».

A volte penso che eravamo solo tre ragazzi che non sanno come si diventa adulti, mi convinco che è questo pensiero semplice a rendere il ricordo di per sé consolante, una di quelle scintille che nella realtà hanno la durata di un attimo e il giorno dopo ti chiedi se sono esistite davvero.

Dopo quella sera Carlo e Cristian non hanno fatto che ignorarsi a vicenda e rispondersi male. La mattina Carlo si chiudeva in bagno, ci raggiungeva sempre al centro di un vapore molto denso, gli occhi che si fermavano sul bordo dei nostri corpi scavati dal sonno un attimo prima di sprofondarci dentro.

«La tv funziona?» ci chiedeva.

«Sì, ma non la usiamo mai, non so nemmeno dov'è finito il cavo» rispondeva Cristian senza prestargli troppa attenzione.

Allora Carlo coi suoi calzini a fantasia, le sue tute acetate, faceva dei giri intorno al divano sempre nello stesso verso – prima più larghi, poi più stretti; si fermava, e solo dopo cambiava direzione. E non come un capriccio, ma come qualcosa che semplicemente era tenuto a fare in base a un algoritmo invisibile, un regolamento interno. In alcuni momenti, con certe angolazioni della luce, mi ricordava Cristian quando ci eravamo conosciuti, dopotutto in quel periodo aveva la sua stessa età. Ma il suo temperamento era diverso, lo strappava in fretta a quell'assonanza.

«Mmmh» diceva per farci sapere che aveva capito.

Ogni mattina Cristian si schiariva la voce, gli chiedeva: «Quindi, hai deciso quando riparti?». Carlo abbassava lo sguardo, iniziava a traghettare le briciole dalla sua tazza alla mia, dalla mia a quella di Cristian, poi ricominciava daccapo.

Rispondeva sempre la stessa cosa. «Non ho impegni particolari». Fissava il fratello dondolando una gamba. Quel moto perpetuo gli faceva oscillare la testa, ne metteva in risalto la cicatrice e i residui dell'acne che gli punteggiavano il viso.

Mentre Cristian era al lavoro se ne stava immobile con la fronte appoggiata alla vetrata a fissare i tram.

«Sai quanti ce ne vogliono perché passi una giornata?». Premeva il polpastrello contro il vetro lasciando un'impronta orizzontale ogni volta che ne passava uno.

«Centoventi, in sei ore ne ho contati trenta» mi diceva.

Mi faceva un sacco di domande – «com'è fatto il bar», «quanto ti pagano», «quanto ti rende felice». Mi costringeva a dire una marea di stronzate, più di quelle che mi ero abituata a dire a Cristian.

«Quindi adesso puoi anche smettere di lavorare?» mi ha

chiesto quando gli ho portato il resto della cifra che avevamo pattuito.

«Non lo so» gli ho detto. «Qui la vita costa cara, i soldi ci servono. Con un animale domestico ancora di più».

Aveva sempre in mano un accendino quando gli parlavo, la fiammella che ogni due parole veniva risucchiata indietro. Si sedeva sul divano sbilanciandosi in avanti, i gomiti sulle ginocchia, e iniziava a tormentare la rotellina.

«No, lasciamelo ti prego» mi ha implorata l'unica volta che ho tentato di sfilarglielo. «Mi aiuta a rimanere concentrato».

Un pomeriggio l'ho trovato che guardava la tv.

«Ho rintracciato il cavo e l'ho attivata» mi ha detto.

Passava le ore sul divano a guardare interviste a gente che rischiava di morire seppellita da decenni di incuria e rifiuti, che non aveva più alcun contatto sociale a causa di malformazioni imbarazzanti. Non si accorgeva nemmeno se uscivo, se rientravo con dodici buste di frutta che stava marcendo o se mangiavo del pane con sopra il prosciutto scaduto in piedi davanti alla luce del frigo.

Con il passare dei giorni avevo iniziato a provare per lui una specie di tenerezza, e allo stesso tempo sentivo in qualche modo di assomigliargli. Anch'io, come lui, non avevo mai portato a termine un progetto importante, qualcosa per cui qualcuno sarebbe stato orgoglioso di me.

«Non ti va di farti un giro, vedere la città?» gli ho domandato un pomeriggio prima di uscire per la spesa.

«No» mi ha risposto senza distogliere lo sguardo dallo schermo «le città non mi interessano».

Avevamo pulito Ombra con un asciugamano tiepido e bagnato, l'avevamo avvolta in una coperta che tenevamo sopra il nostro letto. Le infilavamo in bocca piccole siringhe di pollo frullato con un filo d'olio, scarti di merluzzo che recuperavo alla chiusura del mercato sotto casa. Si faceva accarezzare la testa e si muoveva poco. Gli occhi miglioravano lentamente, un giorno dopo l'altro le palpebre sembravano aprirsi ancora di mezzo grado, liberandosi da quella specie di albume che continuava a tenerle incollate. Lasciavamo accesa la stufa elettrica per alleviare il freddo che sentiva, gli spasmi che di giorno si calmavano e di notte la facevano tremare.

Finché una sera non ci ha raggiunti in cucina – il pelo lucido che le veniva dopo averlo strofinato con la lingua molte volte, i baffi opalescenti. Si è fermata sull'uscio in posizione di attesa, ci ha fissati con gli occhi vuoti e fermi che ci rivolgeva sempre quando voleva mangiare, ma stavolta era diversa, aveva l'espressione di un mammifero che riemerge da un corso d'acqua.

«Non ti sembra una lontra?» ho detto a Cristian.

Carlo si è alzato in piedi, ha cercato una via di fuga in maniera veloce e istintiva.

«È cieca, non può farti niente» ha detto Cristian mentre condivamo l'insalata di avocado e uova sode.

«Tranquillo, davvero» ha insistito vedendo che il fratello era rimasto fermo, le braccia tese lungo il corpo in un atteggiamento di difesa.

L'abbiamo visto allontanarsi fino alla vetrata, restare qualche istante a fissare le luci della strada. Poi, di punto in bianco, ha tirato un pugno contro il vetro. Un colpo sordo, che ha lasciato sulla superficie trasparente l'impronta di una ragnatela.

«Diosanto» ha detto Cristian, mi ha afferrato un polso per evitare che gli andassi incontro.

Carlo si è girato, ci ha rivolto un'espressione di fastidio che gli increspava la fronte.

«Se per voi non è un problema» ha detto «vado a farmi un giro col furgone, ho bisogno di prendere aria».

Le ciglia di Ombra erano tornate a infoltirsi, ci passavo i polpastrelli per sentirne lo spessore. Mi sembravano magiche, di quelle cose che esistono solo nelle storie fantastiche. Cristian la teneva sulle gambe, *meka-mačka* le diceva; lei chiudeva gli occhi, alzava il mento, si lasciava accarezzare. *È incredibile*, mi capitava di pensare, *sembra proprio che non esista al mondo un altro posto che le sia più caro delle nostre mani.* Mangiava poco – si lasciava infilare tra i denti un boccone, a volte due, prima di sollevare la testa e restare immobile come se avesse sentito un boato. Di solito percorreva il perimetro dell'appartamento strisciando lungo il battiscopa. Ogni tanto urtava un muro e s'inceppava, restava lì ferma a spingere la testa contro la parete come se ci fosse un varco o una fessura. Non avevamo idea di cosa avesse e non sapevamo se si sarebbe ripresa, ma sembrava migliorare lentamente: adesso mi veniva incontro quando di notte mi sentiva ritornare, dormiva molte ore con il muso sulle mie ginocchia prima di venire a raggomitolarsi sulla pancia.

Carlo guardava tutto il giorno la tv con l'accendino in mano, si rivolgeva a noi con gentilezza, come se il vetro fosse ancora intatto. Noi facevamo lo stesso – «Cerca di non fare mai riferimento all'altra sera» si era raccomandato Cristian «altrimenti viene divorato dai sensi di colpa e questo potrebbe innescare un'altra crisi».

Con il passare dei giorni Carlo si era ammutolito, quando Ombra raggiungeva il divano lui tornava nella sua stanza e si chiudeva a chiave, ricompariva quando si avvicinava l'ora di cena, voleva sapere cosa c'era da mangiare.

Una mattina a colazione Cristian lo ha guardato. «Sai» gli ha detto «ho pensato che potremmo fare una gita».

Carlo ha posato sul tavolo il bicchiere del latte, ha iniziato a traghettare le briciole con le sue dita lunghe e screpolate.

«Domenica» ha continuato Cristian «la piscina organizza un'immersione alla spiaggia di Studland, a Dorset».

Carlo ha ripreso il bicchiere, ha bevuto un altro sorso di latte, poi ha ricominciato con le briciole.

«Pensavo che potremmo andarci insieme» ha detto Cristian. «Tutti e tre». Mi ha preso la mano. «Potremmo andare col furgone, arrivare lì nel pomeriggio, e la mattina dopo ritornare. Ci riaccompagneresti qui, e poi, come si dice, ognuno per la sua strada».

Doveva averci pensato tutta la notte, erano settimane che quando rientravo lo trovavo in piedi.

«Potrebbe essere un bel modo per salutarci, che ne dici, ti sembra una buona idea?» ha continuato.

Carlo è rimasto per qualche istante a osservare la fetta biscottata che si era inzuppata di latte precipitando nel bicchiere. Poi ha alzato la testa, ci ha guardati.

«Mmmh» ha detto. «Prima vorrei sapere cos'è questa» ha tirato fuori una carta dalla tasca della tuta, e l'ha rovesciata sul tavolo.

Sulla carta c'era il disegno di una torre che andava a fuoco – piccole persone si lanciavano dalle finestre a testa in giù. Carlo continuava a fissare il disegno, con un dito muoveva la carta sopra le briciole, la faceva girare più volte.

«Dove l'hai trovata?» gli ho chiesto.

Cristian mi ha guardata: «È tua?».

«No» ho risposto prontamente «mi chiedevo solo da dove fosse saltata fuori».

«Era nei cuscini del divano» ha detto Carlo.

«Non saprei» ho detto. «Forse appartiene a chi abitava prima nell'appartamento».

L'avevo riconosciuta subito, era la carta che avevo scelto a caso nel mazzo di Sid il giorno che ero tornata a prendere il quaderno. Doveva averla dimenticata o me l'aveva lasciata di proposito, non potevo saperlo, ma non riuscivo a non pensare a quello che era accaduto nel frattempo – al grattacielo in fiamme, a Carlo che aveva dato fuoco alla rimessa di Saverio e passava i giorni con un accendino in mano.

«Mmmh» ha detto Carlo «quindi non è un messaggio per me, per farmi sapere che sono una brutta persona?».

«Ma che dici» ha detto Cristian. «A volte non so proprio come arrivi a pensarle, certe cose».

«Puoi tenerla, se vuoi» gli ho detto. «Non credo che il proprietario tornerà a cercarla».

«Ma sì» ha detto Cristian «che importa, qualcuno vuole altro caffè?». Per un attimo mi è sembrato che mi guardasse come un diagramma cartesiano senza più le coordinate.

Carlo ha fatto scivolare la carta sulla superficie di cristallo verso di me. «Preferisco di no» ha detto.

Ho lasciato la carta sul tavolo come se non mi riguardasse, sono andata a rinfilarmi sotto le coperte non appena Cristian se n'è andato. L'ho trovata il giorno dopo attaccata alla porta del frigo accanto alla lista della spesa.

«Comunque va bene» ha detto Carlo quando è uscito dal bagno venendoci incontro al centro di una nube di vapore. «Per me il piano Dorset è ok».

La strada per Dorset era un continuo di boschi e brughiere, piccoli villaggi e fattorie, il profumo delle orchidee selvatiche ci raggiungeva la gola insieme al vento che ci spettinava i capelli entrando a sbuffi dai finestrini.

Carlo guidava il furgone senza parlare, una mano sul volante, ogni tanto si accendeva una sigaretta; Cristian gli sedeva accanto, sulle ginocchia il navigatore, mi aveva promesso che sarebbe rimasto attento. Mi ero seduta di spalle nello spazio posteriore non appena ci eravamo liberati dal tormento del traffico, avevamo lasciato la città col suo alone di grattacieli che sembrava venirci dietro. Ero rimasta a guardare l'asfalto filare via al rovescio oltre i vetri per più di tre ore, che poi erano diventate cinque considerando le svolte sbagliate e le pause, i selfie davanti ai panorami e le tappe per mangiare che si erano moltiplicate dato che Carlo aveva sempre fame.

Se chiudo gli occhi vedo ancora il ciglio della strada che scorre veloce, il niente dopo le case, le mie gambe incrociate e tese. Oltre le praterie e gli sprofondi rocciosi che precipitavano sotto la luce incerta di quel cielo grigiobianco, la fine dell'estate iniziava a sembrarmi la nostra unica destinazione. Più attraversavamo i semafori, le deviazioni e gli incroci, più mi sentivo attirare da un limite ignoto. In mezzo al fumo delle sigarette di Carlo, tra le parole che Cristian cantava a voce bassa saltando tra una stazione e l'altra della radio, mi sembrava di scivolare all'indietro. Così il futuro assumeva i contorni della laguna salata che ci stava aspettando. Una lingua di terra, che si faceva sempre più stretta prima di scomparire nell'acqua.

Il traghetto è partito in ritardo, ci ha lasciati a Shell Bay che il sole era ancora alto, dietro un velo di nuvole potevamo percepirne il chiarore, ma l'immersione doveva concludersi prima del tramonto e Cristian aveva fretta. Ci camminava davanti affondando i passi nella brughiera di dune, una distesa sconfinata di ammofile che si estendeva a perdita d'occhio verso il bagliore del mare. Io e Carlo lo seguivamo in silenzio, i cappucci delle felpe sulla testa per proteggerci dal vento, la sabbia che ci entrava nelle scarpe da ginnastica. Non si arrivava mai.

La spiaggia è comparsa all'orizzonte come uno spalancamento, si estendeva verso le increspature argentate dell'acqua lungo un bagnasciuga che durava chilometri, inghiottiva in prospettiva ogni statura umana.

Cristian ha buttato a terra la borsa con la muta e gli asciugamani, ha allargato le braccia e ha aperto la bocca come faceva sempre quando andavamo al mare per "mangiare il vento" – *pojesti-vetar*, traduceva in croato.

«Non ho mai fatto il bagno nell'oceano» mi ha detto appena l'ho raggiunto, mi ha abbracciata.

L'abbiamo visto uscire poco dopo dal chiosco dei diver, era già in mezzo agli altri e aveva addosso la muta.

«Dentro ci sono le bibite e un freezer di gelati» ci ha detto indicando il chiosco quando ci è venuto a salutare.

Carlo aveva appena finito di lottare con i lacci delle scarpe, era riuscito a sfilarsene una liberandola da una riserva di sabbia, ha continuato con l'altra. «Magari più tardi» ha detto «ma solo se ci sono i gelati al biscotto».

Cristian mi ha sorriso come faceva sempre quando la luce

era troppo forte, tenendo aperto un occhio solo. Mi sono avvicinata e l'ho baciato, ho sentito il profumo che avevo sentito la prima volta che le nostre bocche si erano sfiorate. «Sei bello» gli ho detto. Adesso mi tornava indietro la sua immagine più vera, un ritaglio di persona – due fessure arricciate ai lati, la sezione di un'iride, un angolo di bocca che mi trapassava in verticale.

«È un peccato che non vieni» ha fatto un passo indietro. Per un attimo ho avuto paura di perderlo, mi sono resa conto che era molto che non succedeva, all'inizio ci pensavo quasi sempre.

Siamo rimasti in silenzio a coprirci gli occhi con le mani per ripararci dalla luce che rimbalzava sulle grinze dell'acqua. Poi c'è stato un fischio e tutti si sono radunati in riva.

«Vado» ha detto Cristian.

«Vai» gli ho detto. Mi ha stampato sulle labbra l'ultimo bacio.

Carlo aveva iniziato a collezionare sassi piatti da lanciare a pelo d'acqua, io mi ero chiusa in un silenzio fatto di denti premuti sulle ginocchia. Siamo rimasti a fissare il gommone che si allontanava.

L'oceano aveva il colore dei sogni che non si avverano, ero felice che Cristian si fosse cimentato in quell'impresa, ma allo stesso tempo vederlo rimpicciolire all'orizzonte mi faceva sentire male.

«Non ti piace nuotare». Carlo mi ha passato in mano un sasso, più che una domanda sembrava un'ipotesi in attesa di conferma.

Non ho risposto, Carlo ha cominciato a lanciare i sassi.

«Posso farti una domanda?» gli ho detto dopo un po' che stavo zitta. Lui ha tirato fuori dalla tasca della tuta un pacchetto stropicciato di sigarette, ha allungato le labbra per pescarne una.

«Mmmh» ha rivolto lo sguardo verso l'orizzonte mentre l'accendeva.

«Com'è morta vostra madre? Non l'ho mai capito».

Carlo ha trattenuto il fumo tutto dentro come per gestire un imbarazzo, poi l'ha buttato fuori in uno sbuffo compatto.

«Fibrosi polmonare» ha detto continuando a fissare il mare. Sono rimasta per qualche istante a rigirarmi in testa quelle due parole ma nel mio universo non corrispondevano a niente.

«Ok» ho detto.

«È una malattia rara» mi ha spiegato. «Sostanzialmente è morta soffocata». Continuava a guardare lontano, soffiando verso l'orizzonte il fumo che con il vento non faceva che tornare indietro.

«Mi dispiace». Ho indicato il pacchetto di sigarette che aveva lasciato dentro una scarpa, Carlo ha annuito per dire che potevo prenderne una.

«Ti avrà raccontato dei pulcini».

«I pulcini?» ho chiesto io. «Credo di no».

Carlo è rimasto zitto, ha tirato un'altra lunga boccata di fumo. «Dopo che è morta si era fissato, mi costringeva ad affogarli dentro un secchio» ha detto.

Mi sono voltata a guardarlo come se avesse appena inventato un ricordo.

«È così». Carlo era stato avvolto dal fumo che inavvertitamente gli avevo soffiato in faccia, mi guardava con gli occhi stretti e arrossati che certe volte dopo le immersioni aveva avuto Cristian. «Prendeva il tempo con una clessidra per capire quanto ci mettevano a morire, solo che io ci stavo male, ucciderli proprio non mi piaceva».

«E tu non glielo dicevi? Non gli dicevi che ti faceva soffrire?».

«No» ha risposto Carlo «perché lui era troppo triste, e quello era l'unico modo che avevo per stargli vicino».

«Che vuoi dire?» gli ho domandato.

Carlo ha schiacciato il mozzicone sul bordo di un sasso piatto. «Quindi non sai niente» ha sbuffato un sospiro con fatica. «La guerra» ha detto davanti alla mia espressione spaesata. «Che suo padre è morto in un bombardamento».

«Ma che dici». Il sangue aveva fatto un giro largo e svelto intorno alla mia testa, era arrivato a pungermi le dita.

«Mmmh» ha detto Carlo ingoiando un boccone di fumo «è per quello che sono scappati».

«Chi». Per un attimo ho avuto un capogiro, le parole mi rimbalzavano in testa prive di significato.

«Lui e mia madre» ha detto Carlo «sono riusciti a mettersi in salvo su un pulmino, hanno lasciato Sarajevo prima che le bombe distruggessero completamente la città».

«Ma non è possibile» gli ho detto. «Mi ha sempre raccontato che è arrivato a Roma quando era appena nato, che suo padre aveva avuto un incidente sul lavoro ed erano partiti per cambiare vita».

«Mmmh» ha detto Carlo, ha iniziato a disegnare con l'accendino sulla sabbia delle piccole zeta. «Aveva almeno nove anni. Dormivano a Trieste, in un centro d'accoglienza. Saverio si trovava in trasferta da quelle parti per un carico di ferro. Con mia madre si sono incontrati in fila davanti a una cabina della SIP, lei aveva finito i gettoni e Saverio gliene ha dato uno. A Gaeta ci sono tornati insieme». Carlo mi raccontava quella storia come si può raccontare una fiaba, come se nel tempo fosse stata ripetuta all'infinito, trasformata molte volte.

Mi è sembrato di staccarmi dal discorso e di guardarci da fuori. La mia pelle era bianchissima, Carlo aveva le spalle larghe e le nocche delle mani screpolate.

«Io sono nato così». Mi fissava senza sbattere le ciglia come quando ci si aspetta una reazione. Quanto a me, non riuscivo più a parlare, continuavo a incespicare col pensiero tra le macerie che tante volte al telegiornale avevo visto da ragazzina.

«Sarajevo...» ha detto Carlo a un certo punto, pronunciando quel nome come una parola cara. «L'unica città dove mi piacerebbe andare». Si è infilato una mano in tasca. Da un portafoglio schiacciato, insieme al santino di una Madonna, ha tirato fuori la foto consumata di una bambina.

«È lei?». L'ho presa da un angolo per evitare che si strappasse.

«Sì» ha detto Carlo.

Sono rimasta a fissare quella bambina sorridente davanti allo sportello di una vecchia automobile, il vestito a righe con un merletto attaccato all'orlo. Aveva gli stessi incisivi di Cristian, leggermente accavallati e irregolari, sulla testa un cappello di paglia.

Gliel'ho restituita.

«Secondo me le assomigli» ha detto, l'ha infilata di nuovo nel portafoglio accanto alla Madonna. Credo di averlo guardato male.

«Magari qui non si vede, ma aveva anche lei gli occhi chiari».

Siamo tornati in silenzio. Una nebbia leggera aveva assorbito la luce rilasciando sfumature violette a ridosso dell'orizzonte, la superficie del mare si era increspata, aveva assunto un colore più intenso. Adesso l'acqua sbatteva sulla riva in una successione di onde corte che risuonavano nella risacca di un coro schiumoso, come se volesse spingere via quel discorso, cancellarlo dal mondo per sempre.

Carlo si è acceso un'altra sigaretta, poi un'altra, poi un'altra ancora. Finché non ha finito il pacchetto.

Mi sono accorta di quanto mi fosse sempre mancato un fratello, di quante volte lo avessi cercato in Cristian senza mai averlo trovato. Mi sono detta che forse era quello il motivo per cui, a modo nostro, io e Carlo andavamo d'accordo.

«Dovresti fumare di meno» gli ho detto.

Adesso aveva accartocciato il pacchetto vuoto, mi fissava come se in realtà stesse pensando a qualcos'altro.

«Vado a cercare un gelato al biscotto, tu vuoi qualcosa?». Gli ho risposto di no.

L'ho visto allontanarsi barcollando con le scarpe slacciate, allargare le braccia per recuperare un equilibrio e poi tornarmi incontro a mani vuote.

Il gommone è ricomparso all'orizzonte come una specie di presentimento. Per tutto il tempo, mentre lo guardavo avvicinarsi, ho sperato che si fermasse o che tornasse indietro. Continuavo a ripensare a quello che mi aveva detto Carlo, a Cristian che scappava con sua madre per salvarsi la vita. L'invenzione del suo passato mi feriva profondamente, non riuscivo a rintracciarne una ragione e allo stesso tempo mi faceva sentire impotente.

Per la prima volta pensavo a sua madre come all'ultima prova che gli era rimasta di un passato vero. Forse, a ogni immersione cercava solo di riprodurre l'attimo in cui aveva smesso di respirare, voleva renderlo eterno dentro di sé, un tentativo per farla tornare. Forse guardando i miei occhi aveva sempre cercato i suoi, ma alla fine questo era solo un pensiero invadente.

«Com'era?» gli ho chiesto quando è tornato.

«Molto fredda» ha detto Cristian. «Non l'avresti sopportata». Aveva le labbra assottigliate e livide, e non riuscivo a prevedere l'incedere dei suoi movimenti mentre senza farci caso mi gocciolava addosso il sale di quel mare così scuro. Gli ho passato l'accappatoio asciutto e ho pensato che avremmo potuto recuperare, che a un certo punto ci saremmo detti tutto.

Siamo crollati sulle brandine del camping dopo aver consumato tranci di merluzzo fritto e birre ghiacciate seduti a una tavolata – Carlo che pescava con la forchetta nei nostri piatti per mangiare le scaglie di pesce che avevamo lasciato, Cristian che scherzava con tutti, continuava a chiedermi: «Perché mi guardi così?», io che gli cercavo la mano.

Ci siamo svegliati all'alba. Sulla strada del ritorno il sole era gentile e le canzoni sempre troppo lunghe. Cristian cantava con la voce più alta del vento, Carlo fumava con il braccio fuori dal finestrino.

Ci siamo salutati tre ore dopo sotto il grattacielo, Cristian che abbracciava Carlo che cercava di divincolarsi, Carlo che mi ha regalato l'accendino.

Mi ha promesso che avrebbe provato a fumare di meno ma io non gli ho creduto. Per un tempo indefinito siamo rimasti a fissare il furgone allontanarsi oltre il verde dei semafori, ma è stato solo quando Cristian mi ha presa per mano e abbiamo attraversato la strada che ho capito che se n'era andato.

Ombra ci aveva aspettati sull'uscio, si era rotolata a terra mostrandoci il ventre non appena eravamo entrati, si era lasciata accarezzare. Era calda, e soffice. Se le affondavo il naso nel pelo sapeva di moquette, dei sughi che cucinavamo la sera. Nei giorni successivi l'avremmo trovata spesso davanti alla porta d'ingresso, come se dovessimo sempre ancora arrivare o come se volesse tornare a casa.

«Forse vuole solo uscire» ha detto Cristian una mattina mentre strapazzava le uova per la colazione. «Dovremmo lasciarle la porta aperta, aspettare che torni e richiuderla dopo». Mi è sembrato il segno che stava guarendo, e in effetti più passavano le settimane e più diventava vivace – aveva già graffiato via da un bracciolo la finta pelle del divano, e si arrampicava spesso sugli scaffali spingendo giù una alla volta le suppellettili di cloisonné per ammirarle dall'alto una volta che erano precipitate a terra; il muco era sparito dalle ciglia e di notte veniva a rintanarsi nello spazio tra le nostre gambe, ruotava la testa e piegava le zampe rilasciando di tanto in tanto una piccola scossa. «Non ti sembra una cavalletta?» dicevo a Cristian ogni volta che suonava la sveglia. Cristian mi fissava come se il mio corpo fosse diventato trasparente. A colazione mi lasciava lunghe liste per la spesa, usciva senza quasi salutare. Vagavo nei mercati con buste ricolme di carne e di verdure, acquistavo pesci interi dai nomi esotici da cuocere al forno o affogare dentro salse di zucchero e aceto. Il Lodestone aveva chiuso per ferie e così Cristian dopo la piscina mi trovava a casa che avevo già apparecchiato la tavola, ero pronta per aiutarlo a cucinare le ricette di cui i colleghi gli avevano parlato. Stufati tunisini e insalate indonesiane soprattutto, grigliate di crostacei pescati nell'Atlantico che cospargevamo di spezie e panna acida. Le piastrelle si riempivano di schizzi e gli aloni di grasso restavano aggrappati per giorni alle superfici della cucina, tra le frange dei tappeti i frammenti vegetali resistevano appassiti per settimane. Tutti i fumi che la cappa non riusciva ad assorbire finivano in camera da letto, così aprivamo la finestra e di notte tremavamo per il freddo che dopo l'estate non aveva tardato ad arrivare. A volte, mentre ci tenevamo abbracciati in quella semioscurità, aspettavamo che Ombra venisse a scavarsi una tana tra i nostri corpi, mi chiedevo quante cose avremmo ancora dovuto nasconderci prima di essere felici. Mi dicevo che se avessi confessato a Cristian che sapevo del suo passato avrei dovuto raccontargli delle mie serate e delle medicine che prendevo, e temevo che ne sarebbe rimasto deluso, che in qualche modo non mi avrebbe più trovata attraente. Forse era solo la colpa che mi davo per il fatto di essere diversa da come avevo immaginato un tempo, ma mi sentivo intrappolata in una bolla di sapone che avevo sperato si disintegrasse in fretta e invece non faceva che allargarsi e galleggiare. E mi sembrava incredibile che, senza rendermene conto, proprio io avessi impedito che ci rivelassimo l'un l'altra per quelli che eravamo. Allora, appena lui si addormentava, cominciavo con le lettere mentali – *Mi dispiace così tanto della guerra*, gli scrivevo su un biglietto immaginario, *se almeno per un giorno ti avessi potuto consolare*... Era sempre così che la stanza iniziava a girare, finché non mi addormentavo anch'io, e a un certo punto ricominciavo a sognare.

Sognavo i miei genitori. Mio padre la barba nera, mia madre lo sguardo languido. Avevano i capelli lunghi e le unghie rosicchiate come quando ero ancora molto piccola, ma se provavo a chiamarli non mi sentivano. Eravamo finiti in un burrone. La luce dei camion che scorrevano veloci sulla strada ci illuminava a intermittenza, la terra sotto i nostri corpi era bagnata, sapeva di cacao amaro e di radici marce. Nel sogno mi svegliavo sempre sollevando il mento da quella poltiglia. Sdraiato in mezzo a una radura mio padre puntava le costellazioni con un laser – «Ecco il piccolo carro» diceva «ed ecco Orione». «Quella è la nostra macchina?» chiedevo io indicando una carcassa di lamiera rivoltata accanto a un rovo. Allora mia madre si accorgeva di me. «Guarda!» diceva a mio padre scuotendogli la giacca. «Un uccellino che dorme». Mi ero convinta che mi avessero trasmesso il dono di precipitare fuori strada. La mattina, quando mi svegliavo, mi sembrava di sentire ancora i loro piedi trascinarsi sulle mattonelle della nostra prima casa, mia madre che piangeva davanti ai negativi tutti neri, il gocciolio dei fotogrammi che lasciavamo appesi a un filo sulla vasca del bagno. Continuavo a vedere la Lubitel che cade dal balcone, i suoi frantumi nel cortile. Mio padre che resta immobile per ore, seduto al tavolo della cucina, non capisce più cosa diciamo. Inge che insapona le nostre tazze, ci canta un salmo in nove movimenti.

A volte mi sentivo diventare pesantissima, quando lasciavo il letto faticavo a camminare. Le fitte stavano aumentando e gli analgesici non mi facevano più effetto. Mischiavo l'alcol con la novalgina, il paracetamolo con le pasticche che mi aveva lasciato Darla. Più pensavo a quello che Carlo mi aveva raccontato, più i dolori peggioravano, mi invadevano le unghie e il cuoio capelluto. Allora premevo la fronte contro la fronte di Ombra nella speranza che mi potesse parlare, o che potessi sentirla pensare qualcosa di buono, ma in realtà sentivo solo il suo respiro. Era sempre così che ricominciavo a contare i soldi, toccarli mi rassicurava. Più li contavo e più mi sentivo reale, davanti a quei pezzi di carta la mia esistenza si radicava alla superficie del mondo. Mi ripetevo che sarebbero aumentati, che un giorno avremmo avuto una villetta con il tetto a punta e il pavimento riscaldato. Non compravo più vestiti usati, passavo il tempo davanti alle vetrine di Old Bond Street e dentro i grandi centri commerciali. Indossavo gonne corte e corpetti ricoperti di lustrini, anfibi neri e giacche di pelliccia finta. Calze a rete che puntualmente finivano per rompersi. Avevo iniziato a fumare senza un motivo preciso, semplicemente era successo e non avevo più trovato una ragione per smettere. Fissarmi le dita mentre le conducevo alla bocca mi faceva sentire più vera. Cristian mi guardava come si guarda un'incognita, mi sfilava le sigarette dalle labbra e le spegneva sotto l'acqua del lavandino.

Una sera, mentre puliva la cucina, si è sfilato i guanti di gomma e mi è venuto incontro.

«Poi mi spieghi cos'è questa». Ha tirato via la carta con la torre che da quando Carlo era partito era rimasta sulla porta del frigo, me l'ha poggiata sul cuore come se potesse restarci incollata. «Ho visto come la fissavi» la teneva con un dito. «Voglio dire che la conosci, e mi piacerebbe sapere perché, tutto qua». Me l'ha lasciata cadere sui piedi.

Non mi aveva mai guardata come una che non merita di essere creduta, era una sensazione orribile. Per un attimo avrei voluto scoppiare in singhiozzi, raccontargli dei quaderni e di Sid, della sartoria di Bhag e di come ci ero capitata. Invece ho raccolto la carta e mi sono sfilata gli anfibi, mi sono seduta e l'ho poggiata sul tavolo.

«Ollie si è fissata coi tarocchi» ho detto mentre mi accendevo un'altra sigaretta. «Una notte mi ha voluto leggere il presente e io gliel'ho rubata».

Mi sentivo una stupida, continuavo a rimandare il giorno in cui ci saremmo detti tutto. Nella mia testa quell'evento aveva assunto i contorni di un giudizio universale, mi convincevo che non era mai il momento giusto.

Avevo ripreso con le serate al locale, adesso sapevo come ruotare la testa per formare un cerchio in aria con la coda, sfilare verso l'alto un lungo guanto rosa. Movimenti che ripetevo insieme a tutte con l'intenzione di contribuire a quella che Trisha chiamava "la trasfigurazione".

Tornavo sempre a tarda notte, Ombra restava spesso ferma nel buio dell'ingresso, spingeva la testa contro la porta, la lasciavo uscire aspettando che rientrasse per chiuderla a chiave. Avevo iniziato a chiedermi se, nelle sue fantasie, dall'altra parte non esistesse una galleria lunga e profonda che collegava il grattacielo al nostro vecchio giardino. «È nata al cantiere» dicevo a Cristian. «È lì che forse sogna di tornare». Cristian non faceva che ripetermi che avrei dovuto smetterla con quel mio modo di pensare, che dovevo sbarazzarmi del passato una volta per tutte. Io gli davo ragione, alla fine in un modo o nell'altro era avanti che dovevamo andare.

«Secondo te quanto bisogna lavorare per abitare in una casa col giardino?» gli chiedevo quando restavamo sul divano a contemplare il cielo nero rischiarato dalle luci artificiali. Cristian mi accarezzava la testa automaticamente, come se avesse prestato il corpo a qualcun altro, come se stesse sempre pensando soprattutto a qualcos'altro. «Mesi, forse anni» mi rispondeva «ma nella maggior parte dei casi non succede mai».

Da quando il Lodestone aveva riaperto mi aspettava sveglio, distrattamente mi domandava del bar. Io inventavo storie su Ollie che si tingeva i capelli ogni mese di un colore diverso, su Harvey che era un vecchio alcolista e ci toccava il culo.

«Puoi smettere se vuoi» mi diceva ripassandomi le labbra con le dita. «Prenderti del tempo per cercare qualcosa che ti assomiglia di più».

Io gli rispondevo sempre che i soldi ci servivano, che alla fine era il mio modo per imparare a parlare più velocemente. Ma se pensavo a come mi muovevo sul palco, a come mi facevo guardare, dovevo per forza di cose pensare che tutto accadesse in un mondo al rovescio, che era vero solo mentre lo stavo vivendo e per il resto del tempo era falso.

Ombra tornava sempre dopo poco, la sentivamo attraversare la cucina, una zampa dietro l'altra raggiungeva la vetrata. Passava molto tempo lì davanti, attratta forse dai riverberi che sotto forma di aloni le arrivavano dal mondo di fuori. Io e Cristian ce ne stavamo abbracciati sul divano con le luci spente, la guardavamo scuotere i baffi come fossero antenne, inclinare le orecchie come ali dai contorni sfrangiati.

«Non ti sembra una falena?» gli dicevo. «Uno qualsiasi di quegli insetti pelosi che finiscono per caso nei bagni attratti dalle lampade di notte?».

Cristian continuava a fissare i palazzi di fronte senza alcuna espressione. Sempre più spesso mi sembrava di parlargli dall'altro lato di un vetro. Come se non avessimo più potuto toccarci davvero, e stavolta i chilometri non c'entravano niente.

«Lù» mi ha detto una mattina a colazione masticando svogliatamente una frittella d'avena «basta con questa storia che tutto sembra qualcos'altro. Le cose sono quello che sono. Io sono un uomo, Ombra è un gatto, e tu» si è interrotto come se avesse appena dimenticato quello che stava per dirmi «be', tu non lo so più che cosa sei, ma da quando Carlo è stato qui non sei più la stessa».

Aveva comprato dei tulipani, li aveva sistemati dentro il vaso cinese che una domenica avevamo acquistato da un rigattiere di Hammersmith e poi era andato a dormire. Quando ero tornata li avevo trovati sul tavolo. Erano gonfi, e carnosi più del solito. Mi sono detta che era l'effetto dell'Ambien mescolato al gin. Ho tirato fuori il gelato alla panna e ho iniziato a mangiarlo con un cucchiaio direttamente dalla vaschetta con le spalle appoggiate al frigo. Sono rimasta a fissare la crepa sulla vetrata, ogni notte mi sembrava più larga. Per un attimo ho avuto l'impressione che tutto in quella casa avesse preso a odorare di buono, che l'unica cosa che stava marcendo ero io. Ombra ha iniziato a spingere la testa sulla porta d'ingresso e l'ho lasciata uscire.

Ho fatto una doccia lunghissima, ho strofinato bene i capelli e tutto il corpo nella schiuma per lavarmi via di dosso la sensazione di non essere abbastanza per quella che era diventata la mia vita. Sono entrata a letto con la pelle ancora umida e le dita arrossate dal calore dell'acqua. Cristian si era addormentato senza pigiama, gli ho leccato la schiena e l'ho svegliato.

Abbiamo fatto l'amore come non ci capitava da molto tempo, Cristian si lasciava infilare in bocca le mie piccole parole, mi teneva i capelli tutti insieme in una coda, mi fissava senza sbattere le ciglia con lo sguardo allucinato che mi rivolgeva sempre appena prima di venire. Ho sentito che tutti i miei spazi combaciavano con i suoi tempi, che da un momento all'altro il vetro che ci separava sarebbe potuto scoppiare. È bastato lasciarmi sommergere dal suo liquido caldo per convincermi che avrei smesso di fumare, che avrei lasciato il Lodestone e avrei ricominciato a studiare.

Mi sono detta che sarebbe nata una bambina, un ammasso di carne morbida e liscia che avrebbe ereditato tutti i nostri pregi. Poi il respiro di Cristian si è fatto più fondo. «La prossima volta nuoterò con te» gli ho giurato.

Quando ci siamo svegliati il sole era già alto e Cristian era in ritardo, l'ho sentito ripetere un discorso a voce alta mentre faceva la doccia. Ci ho messo un po' a ricordarmi dov'ero. Ho cercato Ombra tra le coperte come facevo di solito prima della colazione ma non c'era. L'ho cercata sotto il letto e nell'armadio aperto, dietro i comodini e dentro gli scaffali degli stracci dove spesso si andava a rintanare. Procedevo a tentoni e mantenendo a stento l'equilibrio, non riuscivo a ricordare neanche dove avessi lasciato i vestiti. Finché non sono entrata in bagno, ho chiesto a Cristian se prima di fare la doccia, per caso, l'avesse vista passare. Allora lui si è infilato l'accappatoio, mi è venuto incontro con un'espressione preoccupata. «Lù» mi ha detto «stanotte, quando hai chiuso la porta, sei sicura che fosse rientrata?».

Ripenso spesso a quel periodo come a un labirinto. Cristian si addormentava vestito, si svegliava quando tornavo, io mi addormentavo la mattina, dormivo solo qualche ora, la luce continuava a svegliarmi. *Sparizione*, scrivevo sul terzo quaderno accanto alla figura di un groviglio circolare, ne traducevo intorno le definizioni, le lacrime che mi cadevano dagli occhi scioglievano l'inchiostro sulla carta in asterischi orizzontali.

L'abbiamo cercata per quasi due mesi. Ho in testa questa immagine di noi che camminiamo per i corridoi tutti identici del grattacielo, ricontrolliamo di continuo numeri e lettere degli appartamenti. Di solito procedevamo separatamente, una lettera per volta, quindici porte alla volta. E a poco ci serviva stringere le labbra per fischiare, Ombra non tornava, era scomparsa dalla nostra vita. Continuavo a maledirmi davanti alle uscite d'emergenza e negli androni delle scale. E alla fine ci ritrovavamo sempre al quarantesimo piano davanti alla porta della terrazza, io con le guance rigate di pianto, Cristian con la faccia pallida.

Dal parapetto la città era un luccichio monumentale, restavamo in silenzio a lasciarci spettinare dal vento. Nei nostri pensieri c'era il corpo di Ombra che precipita nel vuoto, le zampe divaricate a cercare un appiglio, percorre centinaia di metri prima di disintegrarsi a terra. A volte sentivo che ci era capitato lo stesso, Cristian non mi guardava quasi mai, avrei voluto parlargli e invece restavo in silenzio, aspettavo il momento in cui saremmo scesi nuovamente al piano zero, avremmo ricontrollato per la centesima volta il perimetro del grattacielo. Un passo dopo l'altro, sotto la pioggia sottile, ci saremmo allontanati dalle porte dell'ingresso principale, avremmo imboccato l'High Street, superato le insegne ormai spente dei ristoranti tailandesi e dei droghieri, ci saremmo addentrati nei vicoli.

La chiamavamo sempre prima sottovoce, producendo dei fischi sottili lungo i binari del tram, nei parcheggi degli alberghi e dentro i vecchi cimiteri. A volte ci sembrava di vederla in lontananza, sotto un palo della luce o all'angolo di un marciapiede, ma poi scoprivamo che era solo una volpe, una bottiglia rotta, o uno scarpone abbandonato.

E a forza di attraversare gli incroci finivamo in un'altra città, fatta di cancelli in ferro e minuscoli giardini, finestre ampie dagli infissi bianchi che dividevano i rettangoli di vetro in molteplici quadrati. Lievi salite, che conducevano gradualmente al verde sempre più fitto di un bosco. Ci eravamo convinti che fosse lì.

Cristian mi camminava davanti con le mani nelle tasche del giaccone impermeabile che a Roma non aveva mai indossato e che adesso indossava sempre – «Tu non hai una giacca impermeabile?» continuava a ripetermi, non si capacitava del fatto che no, non ce l'avevo, l'unica cosa che si inzuppava di meno era quel bomber di finta pelle che si chiudeva fino al collo con una cerniera a zip. E adesso che cercavo di stargli dietro facendo lo slalom tra le pozzanghere di piscio e benzina, non mi rendevo nemmeno conto di essere fradicia fino alle ossa.

Mi sembrava che camminassimo da sempre, che da quando ero arrivata a Londra non avessimo fatto altro che camminare. E avrei voluto lasciarmi cadere al centro della strada, gridare che dovevamo tornare al cantiere, alle corse in macchina che ci portavano al mare, invece non facevo che seguirlo come avevo fatto sempre.

Ho ancora in testa la luce del suo cellulare che ci fa strada, noi che affondiamo i piedi nel fango cercando di non scivolare, Cristian che mi dice: «Non la troveremo mai», io che rispondo: «La troveremo».

«Se la troviamo morta la seppelliamo qui» diceva ogni volta che raggiungevamo la betulla secolare dove qualcuno aveva costruito un capanno di rami.

«La troveremo viva» insistevo, ma non ero più sicura di niente. Sapevo solo che i nostri capelli erano bagnati, che le nostre facce erano sporche come quelle di due zombie in un bosco di notte.

«Diosanto, Lù» ricominciava. «Non riesco a credere che tu l'abbia chiusa fuori».

«Se solo tu non avessi avuto quella stupida idea di farla uscire la sera» ribattevo.

«Se solo tu la smettessi di tornare a casa completamente ubriaca, forse ce la faresti a memorizzare persino una regola stupida».

Era sempre così che iniziavamo a gridare. Ci insultavamo come se fossimo l'uno il nemico dell'altra, ma sempre senza guardarci e continuando a camminare. Più Cristian mi accusava di essere diventata inaffidabile, di comportarmi come una drogata, più le orecchie mi ronzavano, le gambe si piegavano. Continuavo a spingere le mani sulle cortecce degli alberi per andare più in fretta, tenere il suo passo in mezzo a tutti quegli smottamenti. Tra le pietre appuntite e i minuscoli burroni che ci confondevano i piedi, le rampicanti avvolgevano i rami più larghi scendendo intorno ai tronchi fino alle radici. Tutto era così buio e bagnato che dietro di noi non restava più niente.

Finché un ruscello non ci ha sbarrato la strada. Allora Cristian si è voltato verso di me, mi ha sparato la luce negli occhi.

«Ci siamo persi» ha detto.

PALUDI

Sui finestrini del treno le gocce di pioggia ghiacciavano in fretta, il recinto dei giardini si perdeva nei profili di capanni e fabbricati, strutture in ferro e fili di rame rimasti aggrovigliati nei campi. Ho percorso a piedi le strade di bovindi senza tende, le porte incorniciate dagli intrecci delle rampicanti spoglie, gli abat-jour sempre accesi anche se fuori c'era ancora un po' di luce. Mi stringevo nel cappotto di ciniglia lungo le salite contornate di ortica, il fiato che mi appannava la vista di una condensa tiepida. Avevo deciso di raggiungere Cristian nel posto in cui passava la maggior parte del tempo, un posto in cui non ero mai stata e che adesso immaginavo come il nostro nuovo punto di partenza.

Volevo fargli una sorpresa, confessargli com'era diventata la mia vita e quello che mi aveva detto Carlo, promettergli che non sarebbe più esistita una ragione sufficiente per raccontarci bugie. Da quando Ombra era sparita avevo smesso di dormire, continuavo a fissare i tram davanti alla vetrata della sala, ne inseguivo le scie come se avessi potuto estrarne un'indicazione che ci avrebbe aiutati a ritrovarla. Ogni volta che Cristian veniva ad abbracciarmi, mi raccontava dei traguardi che raggiungeva in piscina per distrarmi, gli rispondevo che non me ne importava niente. *Oluja*, mi chiamava, «Sei più buia della tempesta» mi diceva la mattina a colazione. Lo fissavo portarsi alla bocca bicchieri di caffè sempre annacquati e bollenti senza proferire una parola. Mille volte avevo dettato il numero del microchip a veterinari e associazioni di attivisti, ma il suo telefono non squillava mai, mi ero convinta che nessuno avrebbe potuto aiutarci. Nelle mie fantasie, Ombra era un punto nero che scompare su uno sfondo bianco. La immaginavo stordita in mezzo ai boati del traffico, costantemente in pericolo e senza più un modo sicuro per procurarsi del cibo.

«Dimenticala, è l'unica cosa che puoi fare davvero» mi diceva Cristian quando di notte veniva a tirarmi via dal divano. Sotto il getto della doccia sentivo ogni volta il mio cuore diventare più stretto, scivolarmi tra le gambe e scomparire nelle tubature insieme alla schiuma. Cristian veniva a portarmi l'accappatoio, mi trascinava fuori come se fossi malata o solo troppo stanca. Coi capelli bagnati restavo a osservarlo mentre mi preparava il brodo, ci affogava dentro fette di maiale che avrei tirato su con le bacchette insieme alle alghe e agli spaghetti di frumento, uova bollite e germogli di fagioli che una notte dopo l'altra avevo imparato a pescare col cucchiaio. Forse per le sue carezze silenziose e per il modo affettuoso che aveva di asciugarmi i capelli, alla fine mi ero convinta che sarei stata capace anch'io di fare come i tegumenti, portarmi dietro solo le tracce più superficiali delle ferite. E non m'importava di come mi aveva fatto sentire quando mi aveva trovata una mattina all'alba nella stanza di Darla con i quaderni spiegati sul pavimento, di come li aveva sfogliati restando impietrito davanti a quella collezione di disastri.

«Implosione, collasso, sistema in rovina» leggeva atterrito, passava le dita sui miei ritagli di giornale. «Corpi solidi si muovono lucidi, aspettano la fine nel contrasto delle loro proiezioni... diosanto, Lù» ripeteva tra una frase e l'altra. «Ma che cazzo vuol dire?». Mi fissava come se fossi un'aliena.

Gli avevo detto che i dolori mi stavano uccidendo a poco

a poco quasi per giustificarmi. «Scrivere mi aiuta a non sentire niente» gli avevo urlato mentre mi aggrappavo alle sue gambe.

Per più di una volta, nei giorni seguenti, si era lasciato scappare che gli ricordavo Carlo quando era finito in ospedale. E anche se dopo aveva continuato a chiedermi scusa, era venuto a darmi un bacio sulla testa, avevo avuto l'impressione che ormai nutrisse per me lo stesso sgomento che provava davanti alle degradazioni irreversibili, ai tumori che la medicina non riusciva ad arginare. Mi ero convinta che l'unico modo per fargli cambiare idea sarebbe stato raccontargli tutto dall'inizio, da quando avevo smesso di dirgli la verità. Volevo solo comparire all'orizzonte quando non se l'aspettava, promettergli che avrebbe potuto davvero fidarsi di me, in fondo ero ancora la sua *malo-sunce*, il suo piccolo sole. In una città così buia saremmo tornati a brillare.

La campagna si estendeva intorno ai bordi del grande spiazzo asfaltato, davanti al sentiero di ghiaia e cemento i fabbricati componevano un paesaggio di incastri, potevo intravederne i lunghi corridoi frammentati nelle file di finestre, le luci bianco latte fuoriuscire dagli infissi di alluminio. Le indicazioni per il reparto di oncologia infantile conducevano a un tunnel pedonale e semiaperto che attraversava un parcheggio sotterraneo, risaliva lungo una rampa a chiocciola fino a sfociare in uno slargo circondato da aiuole senz'alberi. L'ospedale dei bambini si trovava lì.

Ho camminato verso la struttura in vetro dagli infissi rossi e dalla forma di rifugio lunare col fiato corto e le palpitazioni che si riservano ai giorni che hanno il potere di cambiarti la vita. La sala al pianoterra era piena di tavoli larghi e bassi a cui erano seduti bambini senza capelli che disegnavano su fogli sparsi accanto ai loro genitori. È stato lì che l'ho visto.

Cristian era seduto a uno dei tavoli di fronte a una bambina senza capelli e a una donna dai ricci castani che indossava una gonna lunga, con sopra stampati gli occhi smeraldo che si trovano sulle code dei pavoni. Ridevano.

Sono rimasta per qualche istante a fissarli prima di entrare. La bambina continuava a disegnare una balena su un foglio che teneva di traverso, o forse era una strana casa capace di galleggiare sull'acqua. Con la punta di un pennarello Cristian le indicava i dettagli da completare, le dava dei suggerimenti – "pinne", "squame", "spruzzo", potevo leggere dalle sue labbra.

Sembrava una scena felice, nonostante tutto. Invece a un certo punto la donna si è alzata in piedi e si è portata le mani al viso. Mi sono avvicinata al vetro per cercare di capire se era solo un riflesso o se stava piangendo davvero.

Poi anche Cristian si è alzato, le è andato incontro, l'ha circondata con le braccia come se fosse un gesto abituale.

"Non fare così" ho capito che le diceva, con il dorso delle dita le asciugava le guance, le tirava indietro i capelli per non farli bagnare. I nostri sguardi si sono incrociati per caso e lui è diventato pallido. Ho visto le sue labbra dire "devo andare", il pennarello rotolare sul tavolo.

«Lù». È rimasto a farsi uscire dalla bocca un filo di vapore quando mi ha raggiunta fuori. «Ci sono cose che possono sembrare simili senza essere uguali». Mi ha cercato le mani ma io non pensavo più, non sentivo più, mi era esplosa una bomba nella testa.

La gente ci chiedeva spesso come ci eravamo conosciuti e io dicevo a Cristian sempre la stessa cosa: non rispondere niente. Ho inventato per noi un arcipelago di inizi diversi. Una volta eravamo seduti all'unico tavolo libero di un bar, un'altra ero io che gli chiedevo l'ora, ma la verità è che una mattina di giugno siamo saliti sulla stessa barca. Un'escursione a Ventotene organizzata dal gruppo nautico degli studenti di cui ero venuta a conoscenza dalla bacheca della segreteria dove ogni tanto mi fermavo a leggere gli annunci sognando una stanza singola vicina all'università. Al secondo anno ancora non conoscevo nessuno e Inge non faceva che ripetermi che avrei dovuto farmi degli amici, mi ero iscritta a quella gita con il vago proposito di socializzare.

Non ero mai stata su un'isola, ma da bambina i miei genitori mi portavano spesso sulla spiaggia di Sabaudia. Forse per il modo che avevano di tenermi per mano mentre immergevamo i piedi nella schiuma trasparente che invadeva il bagnasciuga o per il vento leggero avevo associato i paesaggi marini ai miei giorni più teneri, quelli in cui non avevo paura di niente. Nelle mie fantasie, il mare era un pensiero tranquillo. Ero salita sulla barca con la convinzione che in un modo o nell'altro un giro al largo mi avrebbe fatto bene.

Le ginestre punteggiavano il cielo invadendo di tempere gialle l'azzurro compatto, quando siamo arrivati alla grotta il colore dell'acqua si è fatto più intenso. Mi ricordo che Cristian si è tuffato per primo, che dietro di lui si è formata una piccola folla. Aspettavamo tutti di entrare nella parte più stretta, un inghiottitoio buio in cui si respirava appena.

Avrei voluto fare come gli altri, arrivare fino in fondo ed esultare per il gusto di aver provato qualcosa, invece appena sono entrata in quell'anfratto le mie gambe si sono bloccate, ho iniziato a gridare. La mia non era più una voce ma il verso strozzato di un animale, continuava a rimbalzare tra le stalattiti sopra la mia testa.

Cristian mi è venuto incontro quasi subito, mi ha afferrata per la vita. Spingeva l'acqua indietro con le gambe facendo fare ai nostri corpi dei piccoli balzi in avanti. Quanti anni hai? mi ha domandato, forse per distrarmi. Gli ho risposto ventuno, lui mi ha detto che ne aveva venticinque. Non ricordo quello che ci siamo detti dopo, ma non posso cancellare il sapore del suo fiato e come mi fissava. Se chiudo gli occhi vedo ancora i suoi incisivi leggermente accavallati, le sue ciglia ricoperte di sale. Adesso, quando ci ripenso, molte cose mi appaiono più chiare, so che per lui sono stata prima di tutto una ragazza che poteva affondare.

A volte mi dico che ogni catastrofe è il risultato di un sentimento, l'evoluzione di un pensiero che si ripete. Mi chiedo se Cristian ha smesso di amarmi quando ha capito che non poteva più salvarmi, se lo avrei amato lo stesso nel caso non l'avesse fatto quella prima volta. Torno spesso col pensiero a quando mi è venuto incontro fuori dal reparto di oncologia infantile, a quel minuto in cui cercavo di convincermi che avrei potuto trasformare il corso degli eventi.

La bambina senza capelli continuava a rivolgerci sguardi spaesati. Sua madre la teneva impegnata con i pennarelli, ogni tanto tornava a tamponarsi le guance con un fazzoletto. Per il resto faceva come se non esistessimo: dall'altra parte del vetro c'era solo un cielo grigiobianco che sarebbe diventato nero.

Cristian mi parlava senza scandire più bene le lettere, si trascinava in discorsi sfocati e privi di peso, mi implorava di credere al fatto che stava solo "aiutando qualcuno", che aveva ancora "bisogno di me". Sarei potuta scoppiare in singhiozzi, cadere in ginocchio e implorarlo di darmi una spiegazione. Pregarlo di giurarmi che quella che avevo appena visto dietro il vetro non fosse già da tempo la sua nuova vita. Invece me ne stavo ferma come in preda a un sopraggiunto congelamento, più lo fissavo più mi convincevo che avevamo smesso di cercare Ombra perché lui non aveva mai creduto che l'avremmo ritrovata viva.

«Torniamo al cantiere, ricominciamo da dove ci siamo interrotti» mi ha stretto le mani come per darmi una buona notizia. «Il professore mi ha scritto, ha un contratto per me, avrei voluto parlartene». I suoi occhi andavano al contrario delle sue parole, tutta la luce era stata assorbita, dei nostri corpi bagnati dal mare non restava che un'immagine latente. Ho capito che avevamo appena perso il nostro giorno giusto, il suo sguardo mi faceva sentire indecente.

«Non posso» gli ho detto. Mi ha guardata senza capire, ma non ha fatto niente per fermarmi quando me ne sono andata.

Pensavo che sarebbe stato facile, invece lo chiamavo tutti i giorni. Lo facevo di mattina presto o mentre il sole stava per sparire, digitavo il numero a memoria dentro le cabine telefoniche appena avevo smesso di fumare.

Cristian mi rispondeva quasi subito, voleva sapere di me, se stavo bene e come mi nutrivo.

«Siamo stati l'uno la reazione a catena dell'altra» gli dicevo quando mi chiedeva di tornare. Mi ero convinta che ci eravamo consumati come una fotografia, lasciandoci addosso un'impronta indelebile, che in un mondo parallelo avremmo continuato a stare insieme.

«Vediamoci stanotte» gli dicevo.

«Dimmi dove, Lù, dammi almeno un indirizzo».

«Ti sogno spesso» gli confessavo prima di attaccare. «Potresti provarci anche tu».

Ha cambiato numero di telefono, mi ha detto che non riusciva più a raggiungere un orgasmo senza pensarmi e questo lo faceva sentire sbagliato. Molte volte mi ha chiesto di seguirlo a Roma, dove sarebbe tornato, ma gli ho sempre risposto di no.

Sono andata via di casa quella stessa sera, ho raccolto le mie cose prima che tornasse Cristian, le ho infilate dentro la valigia con la precisione di un automa, stando attenta a incastrarle l'una nell'altra come per assicurarmi che non potessero sottrarsi a quel cambio di direzione. Ho percorso l'High Street fino alla fine trascinandomela appresso senza mai voltarmi. Nelle mie fantasie, il grattacielo era una torre illuminata di finestre che diventavano sempre più piccole, un posto che mi aveva maledetta senza andare a fuoco.

Sono entrata al Lodestone un'ora prima delle prove e avevo tutta l'aria di chi sta per partire. Trisha era seduta sopra un tavolo a sfogliare il catalogo delle maschere di lattice che avrebbe ordinato la settimana successiva.

«Mia cugina è morta cinque giorni fa» mi ha lanciato un'occhiata veloce. «Se hai bisogno, a casa mia c'è un letto vuoto».

Non potevo immaginare che mi avrebbe trascinata su una barca. Quando dopo le prove siamo arrivate sul ponte ho pensato che avessimo sbagliato strada, invece Trisha ha imboccato la rampa di scale che portava al livello inferiore e allora ho iniziato a capire.

«Quella resta fuori per stanotte» ha indicato la valigia.

Mi ha fatto strada nel battello che teneva parcheggiato sul canale, una casa stretta e lunga con gli oblò al posto delle finestre e i gerani lasciati a seccare a prua.

«A Vania piacevano» mi ha sorpresa la mattina mentre li

ripulivo dalle foglie marce, non ho mai capito se voleva dire che li preferiva com'erano prima.

Pensavo di poter cambiare strada ma ho scoperto di non esserne capace, mi dicevo che avrei dovuto cercarmi una stanza e invece continuavo a nutrire i cigni spargendo a pelo d'acqua le briciole del pane. Trisha cambiava ormeggio ogni due settimane per non pagare l'affitto, l'aiutavo con i sacchi di carbone che servivano a scaldarci e ci rompevano le mani. Al tramonto i riflessi dell'acqua si lasciavano inghiottire dalle gallerie che portavano alla notte, certi giorni mi sembrava di non credere più a niente. *Gli atomi esplodono*, continuavo a ripetermi con la stanchezza che ti lascia in dono il disincanto. Avrei voluto ridurre la mia vita a una lista di evidenze, invece l'unica prova che avevo era quella che ero troppo vecchia per essere la figlia di una lingua che non mi voleva. Ormai sapevo bene che *navel* significa ombelico e *heel* tallone, che *hem* significa orlo e *needle* ago, ma non avevo la minima idea di come definire i miei deragliamenti. Ogni volta che iniziavo a parlare inciampavo in continue afasie, dicevo *twenty* per *twelve*, *beneath* per *behind*. Tutto il poco che avevo imparato continuava a sfuggirmi. Sul terzo quaderno la mia grafia diventava ogni giorno più stretta, le frasi avevano assunto un'andatura orbitale, si avviluppavano intorno a figure ramificate e rotonde che confluivano in un foro centrale. *Convergenze*, avevo scritto sulla copertina.

Passavo le notti a giocare a Snake su un Nokia 3310 che avevo comprato a sette pound da un macellaio africano, illuminava di verde la trapunta a fiori che Trisha mi aveva prestato per ripararmi dal freddo. Mia madre mi chiamava tutti i giorni, mi avvisava che a breve saremmo entrati in un transito cosmico, che ci attendeva una vita diversa. Mi raccontava di mio padre, aveva smesso con le lettere ma coi telefoni era peggio di me, preferiva passarli agli altri.

«Non so se ti ha mai detto di Bonetti, il meteorologo che ha conosciuto in Alaska. È di Venezia, ci ha messo mesi a rintracciarlo e adesso si scrivono spesso» mi diceva.

Lie, lied, lied – declinavo intorno ai bordi di un corallo a cervello che avevo ricopiato nel Museo di zoologia dell'università, una sera che ero entrata per ripararmi da un temporale. Pensavo a tutte le invenzioni che le avevo riservato sul mio conto. Era convinta che lavorassi in un vivaio, non sapeva nemmeno che vivessi su una barca, che con Cristian era finita. «Non vorrei essere nella tua testa» mi diceva ogni volta che provavo a elencarle in inglese la flora locale.

Avevo copiato sul terzo quaderno almeno un milione di frasi, regole di cui andavo in cerca su vecchi libri di grammatica che rintracciavo sulle bancarelle della domenica. *For a while*, *one day at a time*, *in the foreseeable future*, collezionavo espressioni sul tempo, modi di dire che si avvitavano intorno a circonferenze irregolari, scivolavano verso il centro della pagina, uno spazio che lasciavo sempre bianco.

Trisha mi raccontava la sua storia ogni giorno partendo da un punto diverso. Era piena di ritornelli hindi e cacciatori siberiani, ancelle dalle pance morbide che nascondevano i coltelli nei mercati di Samarcanda. Sullo sfondo dei suoi discorsi c'erano sempre altipiani e laghi salati che avevano perso lo sbocco sul mare da milioni di anni, carovane rimaste impigliate nelle steppe e incantatori di serpenti. La mattina quando mi svegliavo era già sul tetto della barca a fumare la pipa con le gambe incrociate sulla sedia di bambù, i capelli biancoargento ad asciugare all'aria.

«Riesci a intuirne il fusto e le radici?» indicava con la

pipa le alghe che risalivano flessuose dal fondale. «Sono loro le mie maestre».

Ho ballato molto e ho ballato ancora prima di rompere con Trisha, mi piaceva e credo sia l'unico motivo per cui l'ho fatto. Questo non mi ha impedito di finire nella mira di maschi prepotenti interessati unicamente alla venerazione dei loro sessi in cambio di promesse e favori. Li vedevo avvicinarsi alla rete che Trisha aveva fatto montare intorno al palco dopo che un branco di adolescenti ci aveva prese a morsi. La chiamavano "la gabbia", si aggrappavano a quel confine con le dita strette intorno ai nodi e le bocche bagnate, ci guardavano con lo stupore eccitato di chi non ha mai avuto la fortuna o il coraggio di essere libero.

Da quando erano arrivate le maschere i costumi non ci servivano più e i nostri corpi erano rimasti svestiti, ma indossavamo sempre gli stivali. Ci muovevamo rintanate dentro i fori del lattice che ci strozzava i capelli, li tenevamo sciolti sulle spalle e facevamo ruotare la testa ora da un lato ora dall'altro sulla musica techno. Al pubblico piaceva talmente che il locale aveva cambiato nome, adesso si chiamava Birdcage e all'entrata c'era la selezione, ma indipendentemente da com'erano vestiti, i maschi volevano tutti la stessa cosa.

Molte volte ho affrettato il passo nelle strade di notte con la paura di essere inseguita. Ho temuto il silenzio dei sottopassaggi come si teme un aggressore, mi sono guardata le spalle e ho teso le orecchie al minimo scricchiolio come se in fondo fosse solo colpa mia o come se qualcuno avesse potuto rintracciare la mia faccia sotto la maschera di uccello, di capra o di maiale che a seconda della serata mi ero infilata sulla testa.

Immaginavo la città come un grumo di asfalto indurito dai cominciamenti che a ogni incrocio prendono pieghe diverse, invece la città è fatta di paludi e corsi d'acqua, un reticolo di canali si estende al di sotto delle strade e attraversa i pontili. Ci sono affluenti che si restringono in prossimità di sbarramenti, tunnel che si assottigliano per farsi più fondi in corrispondenza di ampi slarghi ricoperti di cartacce e foglioline. Argini dissestati e sottopassi impregnati di urina, strettoie che si scoperchiano davanti alla luce improvvisa del giorno. E a nulla servono i riferimenti alla città di sopra, quella di sotto ha una logica diversa. Bisogna indovinare quanti gradini servono ogni volta per arrivare alla fermata successiva, imparare a farsi un'idea di quanti passi ti separano dal prossimo boccone.

Io e Trisha arrostivamo il mais su una padella ricoperta di graffi, lo mordevamo con le labbra serrate attorno ai chicchi, gli incisivi impegnati a scarnificare il torsolo. Inzuppavamo gallette di riso dentro barattoli di yogurt a zero calorie, mescolavamo la crusca all'albume, impastavamo le trebbie del malto per fare i biscotti, le carote che trovavamo appassite sui banchi dei supermercati le stipavamo per fare le torte. Mangiare era solo un altro modo per contribuire alla trasformazione del mondo – a noi toccava digerirne le parti più leggere, conciliare le condizioni della povertà ai principi della macrobiotica. Trisha strizzava gli scarti con un estrattore, ne raccoglieva il succo in un bicchiere e ne salvava le fibre in una scodella. Non si trattava "di avere o non avere i soldi per comprarsi un hamburger", mi ripeteva allo sfinimento, ma di recuperare la "funzione primaria della nutrizione", farla dialogare con le nostre essenze. Per noi significava sempre "andare al centro delle cose", come quando prima di pranzo scendevamo a meditare sull'argine, tra manichini rotti e pezzi di lavelli da cucina.

«Non pensare a niente» mi ordinava mentre restavamo immobili. «Le alghe sanno come si fa, osservale». La sua voce era diventata la mia traccia-guida, non avevo più decisioni da prendere, dovevo solo rispettare il suo algoritmo. «Inspira profondamente, trattieni, espira» mi istruiva. A volte mi chiedeva di chiudere gli occhi, visualizzare qualcosa che mi aiutasse a sgombrare la mente. Io vedevo sempre le nuvole di storni che avevo inseguito per anni nei cieli di Roma, i punti neri che animavano gli sciami sulle chiome dei pini e lungo gli orizzonti quando il sole di novembre si apprestava a svanire. Spesso mi tornavano in mente mia madre e mio padre seduti a sbucciare le fave sul nostro primo balcone, l'odore aspro dei reagenti che usavano per sviluppare i negativi, i loro piedi scalzi e i capelli sempre più lunghi che gli coprivano le mani. Mi dicevo che se Inge non li avesse spronati ad aprire il negozio probabilmente saremmo morti di malnutrizione, che il corso di fotografia dove si erano incontrati sarebbe stata la cosa più concreta della loro vita. Ma non li biasimavo per questo, alla fine mi avevano insegnato che si può stare al mondo anche quando non si vede niente.

A volte pensavo che eravamo stati fratelli. Nelle mie fantasie, mia madre era una ragazza triste che infila una camicia di seta, sparisce per ore ogni volta che una foto esce nera. Mi dicevo che eravamo stati tutti figli di Inge, che era stata la più brava a recitare la sua parte senza farla diventare un ruolo. *Child, children, childhood*, scrivevo intorno a un cerchio aperto, mi convincevo di non essere mai stata una bambina.

Ci sono state notti in cui la barca riusciva a ospitare anche quindici o venti persone, Trisha accoglieva tutti con l'avvertimento che "la paura è nemica dell'amore", li invitava a servirsi da bere dell'acqua con dentro il limone prima di cominciare quelli che chiamava "i vespri".

Non c'erano luci elettriche in quelle notti, ma solo l'odore delle candele che accendevamo prima di iniziare, il tanfo dell'acqua stagna avvolgeva i nostri corpi abbandonati sulle trapunte, li faceva precipitare in una dimensione primigenia e marcescente. Trisha intonava ogni volta lo stesso canto, e c'era sempre qualcuno che sbatteva i palmi delle mani contro una cassa vuota o un ripiano di legno, così da portare il ritmo del discorso al livello dei nostri smottamenti. *Samaprabha* significa "che ha lo splendore" e *suurya-kotti* significa "di milioni di soli", ci diceva. Ripetevamo le sue frasi molte volte indirizzandole a ragazze magiche e signori dalla testa di elefante, finché gli oblò non si appannavano e la condensa non rendeva più possibile capire dove iniziavano le nostre lingue e finivano i nostri cuori.

Ricordo poco dello stordimento che ne seguiva, ma ho ancora ben impressa la vibrazione che dalla punta del palato sconfinava fuori dalle nostre bocche, la mescolanza di odori che restava impigliata alle tende di flanella, mi svegliava con le luci dell'alba quando la barca era di nuovo vuota e Trisha era già sul tetto della barca a fumare la pipa.

Ogni volta che mi avvolgevo intorno al corpo la trapunta per raggiungerla di sopra, la vedevo dondolare sulla sedia di bambù. «Se non sai come nuotare, fluttua» mi diceva quando si accorgeva che ero dietro di lei e la stavo fissando, mi versava una tazza bollente di Masala Chai.

Tradurre non mi serviva più, la mia lingua era un cimitero di frantumi. Ogni volta che mia madre mi chiamava per raccontarmi di come le formiche avessero attaccato le piante grasse o della pioggia battente che aveva rovinato le verdure dell'orto mi assaliva una grande calma. In sottofondo sentivo mio padre pregarla di informarmi che le foreste marine sarebbero finite in pasto ai ricci viola, aggiornarmi sulla percentuale di foreste che nei mesi successivi sarebbe andata in fiamme. *Wildfire*, *underwater*, *purple urchins*, scrivevo sul terzo quaderno seguendo i margini di una bocca spalancata, una voragine di carta che aveva l'andamento di un mosaico circolare.

Finché non mi hanno detto della spedizione.

«Partiremo dalla Norvegia settentrionale» mi ha informata mia madre una sera. Dopo mesi di silenzio il meteorologo aveva ceduto alle richieste sempre più insistenti di mio padre e lo avrebbe portato con sé come "aggiustatutto": un anno nell'Artico a bordo di una rompighiaccio per misurare le conseguenze del cambiamento climatico.

«Andremo insieme» ha detto mia madre. «Le aritmie sono aumentate e non me la sento di lasciarlo solo».

Da quella sera li ho sentiti sempre meno. Nelle mie fantasie, li ho visti molte volte allontanarsi di anni luce su uno sfondo nero.

Trisha mi trattava come un pesce che ha perso il banco, era convinta che la sua disciplina mi avrebbe aiutata a ritrovarmi e questo passava attraverso un'espiazione materiale. Dovevo liberarmi dalle "dipendenze che il capitalismo mi iniettava". «Ne morirai» mi rimproverava ogni volta che mi sorprendeva a comprare un vestito. Conservava i miei soldi dentro un grosso barattolo di latta, sopra c'era scritto ELLE ed era ancora quello il nome con cui mi chiamava. Per mesi Darla ha continuato a chiedermi come mi fosse saltato in mente di seguirla in quella tana. Mi avvisava che a dormire con i pazzi si diventa pazzi, che a mischiare la vita col lavoro si finisce per vendersi l'anima.

Ha lasciato la compagnia dopo aver litigato con Trisha per l'ennesimo asciugacapelli bruciato, anche se io sapevo che era soprattutto l'idea di ballare in una gabbia che la terrorizzava.

Trisha continuava a ripetermi che dovevamo liberarci

dall'accumulo di roba inessenziale, perché vivere sul fiume significava soprattutto imparare a scegliere, risparmiare per garantire il mantenimento della barca e comprarne un'altra quando senza preavviso avrebbe smesso di funzionare. La osservavo districare i capelli lunghi e crespi dentro il minuscolo lavabo, massaggiarli con l'indigo per tingerli di nero, e mi sembrava solo una ragazza vecchia. Avevo iniziato a pensare a lei come a una divinità mortale che non riusciva a sottrarsi alle sventure umane, predicava l'autodeterminazione ma si prendeva i miei soldi, mi insegnava l'arte del digiuno e mi dava in pasto a uomini grassi con le camicie infilate male nei pantaloni che volevano pagare di più per vedere di più, provare a morderci o a toccarci.

Per mesi ho trattenuto sul quaderno le sue frasi, le scomponevo in guazzabugli di significati associandole alle variazioni del mio umore, ma quando Darla se n'è andata ho iniziato a stare male. Sul palco tutto era diverso senza le pasticche che mi dava, e io non ne potevo più degli sguardi disonesti della gente, di quella barca e del lamento dei cigni che soffiavano sull'acqua come mostri quando avevano fame. Certe notti il dolore era talmente forte da provocarmi la febbre, mi sentivo cosparsa di lividi, lo strato più esteriore della pelle mi bruciava e questo mi faceva soffocare. Continuavo a rotolarmi nella trapunta in preda alle convulsioni, «*Sa-ta-na-ma, sa-ta-na-ma*» ripetevo sottovoce toccandomi col pollice la punta delle dita. Non funzionava mai.

Ho capito che dovevo andarmene. Mentre mi allungavo per raggiungere il barattolo di latta che Trisha aveva nascosto dietro il minifrigo ho pensato che la libertà, come il tempo, è un concetto assurdo. Più si ha l'impressione di spingersi avanti, più talvolta ci si trova indietro.

Ho portato la valigia alla stazione di Camden, l'ho abbandonata in una cabina telefonica. Ci ho lasciato dentro i vestiti che avevo smesso di indossare, ho pensato che per chiunque l'avesse trovata sarebbe stato un sollievo scoprire che non era una bomba. Per il resto mi importava solo di trovare Darla e le sue medicine. Diverse volte sono tornata alla sartoria, ma al suo posto c'era sempre un ragazzino con addosso una tunica rosa. Bhag si faceva negare, continuavano a dirmi che era troppo impegnato. Sul fondo del mio zaino c'era ancora il suo ricamo, di notte sulle scale della cattedrale lo fissavo prima di dormire ma non riuscivo più a vederci niente.

Avrei voluto ragionare su una strategia diversa, inventarmi un piano e trovarmi un lavoro, ma dormire per strada mi stordiva e il dolore mi impediva di pensare. Non facevo che tornare in sartoria, far suonare lo sciame di campanellini ogni volta che aprivo la porta, mi sembrava di essere rimasta intrappolata nella stessa scena.

Forse per non vedermi più comparire sulla soglia all'improvviso o per il mio cattivo odore, il ragazzo con la tunica rosa a un certo punto ha tirato fuori un biglietto.

«È solo un tentativo» mi ha detto dopo averlo aperto sul bancone e averci scritto sopra un indirizzo.

Non conoscevo quella strada ma non me ne importava, il nome era *Siddhivinayak*, significava che Sid era tornato in città. Per la seconda volta ho sperato che potesse aiutarmi.

L'ho visto uscire al pianoterra di una casa a schiera con le finestre affacciate sui cassonetti e il comignolo sul tetto che sputava fuori un fumo grigio e denso. Non ho mai saputo il motivo per cui era partito o in base a cosa fosse ritornato, ma quando mi è venuto incontro e mi ha abbracciata, si è portato la mia testa sul suo grosso petto e ci ha strofinato sopra un pugno chiuso, ho sentito che eravamo accomunati da qualcosa. «Andiamo» mi ha indicato il cancello del giardino rigoglioso che potevo intravedere tra le grate dall'altra parte della strada. «Un vecchio cimitero vittoriano» mi spiegava facendomi strada avvolto nel cappotto che indossava con disinvoltura sulle ciabatte di plastica a cui aveva abbinato un paio di calzettoni.

Mi ha invitata ad attraversare l'ingresso allungando una mano e chinandosi appena come se mi stesse introducendo in un castello. Forse per il suono gentile delle foglie che il vento faceva frusciare sulle statue dalla faccia d'angelo che tendevano le braccia verso di noi mi ero convinta che eravamo entrati in un posto stregato, una foresta che aveva ingoiato nel tempo migliaia di morti. Ne vedevo sbucare tra i rami le mani di pietra e gli sguardi di vetro, le parole di Sid si mischiavano agli ultimi pensieri che i loro cari avevano scolpito sul marmo. ALLA NOSTRA KATIE, CHE TUTTO IL TEMPO DAVA DA MANGIARE AI CORVI NERI. A MR. WILSON, MARITO FEDELE E PADRE AFFETTUOSO CHE AMAVA LA BRUGHIERA.

Sid mi camminava a fianco spazzando le foglie con le ciabatte, le mani intrecciate dietro, mi parlava come si parla a una figlia. È stato lui a raccontarmi di Bhag e della sua schiena che si era incurvata a tal punto da non permettergli di camminare, del mobility scooter che aveva noleggiato dal sistema sanitario nazionale e con cui adesso scendeva in strada per fare la spesa. E poi di Darla e del suo fidanzato, del magazzino occupato dove adesso vivevano insieme a un gruppo di "sbandati" e di quanto fosse preoccupato.

Le chiome degli alberi continuavano a chiudersi sulle nostre teste creando un soffitto impenetrabile di rami, un passo dopo l'altro il terriccio del sentiero sotto i nostri piedi si faceva più compatto.

«Ha litigato con sua madre» mi ha detto. «Non ha mai voluto aiutarla con l'avvistamento urbano delle foche. All'estuario del Tamigi se ne contano diverse» mi ha spiegato «ma alcune risalgono il fiume attirate dagli scarti dei ristoranti e dal rumore del centro, e alla fine si perdono». Per un attimo mi è sembrata la cosa più assurda che avessi mai sentito.

«Ha cercato in tutti i modi di coinvolgerla in quell'impresa per salvarla dalla strada ma non c'è stato verso» si è fermato per riprendere fiato in quel monologo sulla sua vecchia moglie che lo aveva sfinito.

«Quando ha capito che ogni sforzo sarebbe stato inutile ha lasciato la città, si è trasferita a Brighton dove ha aperto un piccolo atelier, adesso le dipinge con colori molto accesi».

«Quadri?» gli ho chiesto mentre imboccavamo la salita e il cielo ricominciava a illuminarci la punta del naso.

«Ai turisti piacciono, comprano le sue foche per ricordarsi dell'Inghilterra quando se ne vanno» mi ha detto che eravamo già arrivati in cima alla collina.

Da quel punto i tetti formavano un tutt'uno con le curve delle strade, tra le vette più appuntite dei palazzi potevo distinguere la cupola rotonda della cattedrale sotto cui tante volte mi ero andata a riparare.

«È strano» ho detto. «In questa città, dovunque ti giri il fiume non si vede mai».

«I fiumi delle città sono come i sogni» ha detto Sid. «Finché non ci capiti dentro, praticamente non esistono».

Darla aveva una cassa e aveva un hula-hoop, e aveva solo un difetto, era innamorata di Jeff. Ma Jeff era un tossico e di tutto il resto alla fine dei conti non gli importava niente.

Ho in testa questa immagine di noi buttate sui gradini davanti alla stazione di Whitechapel, Darla che si scopre la pancia, mi mostra il pitone che si è fatta tatuare intorno al seno, Jeff che alza il volume, ci passa davanti con la salopette arancione, la pettorina abbassata e sotto niente, sputa per terra e biascica un'imprecazione.

Darla si muoveva come tutto quello che a vent'anni non sarei stata neanche in grado di imitare. Di solito faceva quattro o cinque giri col bacino prima che il cerchio le cadesse sui piedi, ma non si scoraggiava, ricominciava sempre con lo stesso slancio. Jeff le fissava le rose che le aveva tatuato sulle cosce sempre nude a prescindere dalla stagione. Aspirava il filtro di una sigaretta che teneva con tre dita, le righe orizzontali che gli segnavano la fronte quando gli tornava voglia di fare l'amore. Sembrava tutto tranne che il figlio di uno psichiatra, le ricette che rubava a suo padre erano la nostra ossessione.

Al magazzino eravamo dieci, poi diciassette, poi nove, a volte una trentina, a seconda del periodo e dalla situazione. Rimanere senza un tetto sulla testa è una cosa che può capitare a tutti, ma c'era qualcos'altro che ci teneva insieme. Ci chiamavano *junkies*, anche se non avevamo mai assaggiato l'eroina, ci imbottivamo di sciroppi al gusto fragola e antidepressivi, compresse per lo stomaco e gocce che placavano l'ansia. Jeff la chiamava "la cura", diceva che era l'unica cosa che sarebbe riuscita a strapparci alle nostre disgrazie personali. Al magazzino era una specie di dio, molte volte ho pensato che quella fermezza gli venisse dal fatto che era l'unico biondo. Sulla spalla sinistra portava sempre un ara gialloblù del Sudamerica, lo teneva legato al polso con un nastro viola. «Zoom» lo chiamava di continuo, senza motivo. «Oh la la» rispondeva il pappagallo, sempre così dalla mattina alla sera.

Mi allenavo tutti i giorni a non pensare a Cristian e invece non riuscivo a cancellarne l'assenza. Continuavo a disegnare al centro del quaderno una figura, ricalcavo il ricamo di Bhag, ma ogni volta che giravo pagina mi sembrava una figura diversa. *Bhagyanandana*, ci scrivevo intorno tante volte, ci tracciavo dentro le mie linee e le annodavo come fili. Darla mi ripeteva che nella sua famiglia l'avrebbero chiamata "la forma dell'anima", io ci vedevo dentro una volta la cometa Hyakutake, un'altra la struttura atomica del radio – la mia vita si era condensata in un istante: il telescopio di mio padre formava un tutt'uno con le cose che mi aveva raccontato Cristian. Continuavo a sfogliare il quaderno, ci attaccavo sopra i ritagli di giornale aiutandomi con la colla liquida. Mi sembrava di allattare le pagine, la colla si addensava tutta intorno ai polpastrelli finché non la tiravo via come una lunga pellicina.

Darla mi guardava sempre in diagonale, come se fossi un'ipotesi o forse solo lo stoppino spento di una candela. «Gli inverni iniziano in un punto preciso» le dicevo. «La fine invece non la capisco mai». Mi sembrava che fossimo nati tutti sotto una cattiva stella, che i nostri sforzi non sarebbero serviti a contrastare quell'influsso naturale. Ormai parlavo come mia madre, credevo a cose indimostrabili, leggi su cui avrei sempre potuto cambiare idea. Facevo sogni agitati, zibaldoni confusi di cui al risveglio non mi restava che un ammasso di parole inconcludenti. Darla non si stancava di ripetermi che i miei quaderni assomigliavano a degli autoritratti immateriali, che avrei dovuto incorniciarne le pagine e venderli ai mercati dell'usato e sulle rive del fiume Lea come vecchi collage.

"Whistle" era il nome che mi davano, la parola che usavano per sollecitare la mia attenzione o per chiedere di me quando non c'ero. Ogni tanto allungando le labbra emettevo il mio solito fischio, mi ero convinta che da qualche parte Ombra l'avrebbe sentito, che mi avrebbe trovata come si può ritrovare la strada che ti porta a casa.

Al magazzino erano tutti più giovani di me ed erano tutti convinti di essere artisti, s'iniettavano l'inchiostro con la pistola ad aghi, asciugavano le sbavature con la carta assorbente e parlavano poco. E anche se arrivava sempre qualcuno disposto a pagare per farsi tatuare le braccia, i soldi non bastavano mai, perché eravamo troppi e non avevamo niente. Ci chiamavano "i poveri", ma per molti eravamo solo degli sporchi *squatters*. Ogni mattina i volontari ci lasciavano davanti all'ingresso le scatole del pane, dentro c'erano pizze fredde e ciambelle gommose, noodle che avevano formato una matassa unica, cubetti di pollo intrappolati in una colla di latte vegetale che mangiavamo a colazione prima di dividerci in gruppi, tornare in città per recuperare altri spicci. È una cosa che puoi fare solo nelle grandi strade, lì le persone che passano sono tante e sono sempre diverse, hai più possibilità.

Jeff conosceva posti di cui io e Darla ignoravamo sempre l'esistenza, grandi viali di vetrine e sottopassi affollati nell'ora di pranzo che non avremmo saputo come rintracciare sulle mappe delle metropolitane. Ce li indicava su una vecchia cartina per turisti, contrassegnava quelli dove eravamo già stati con delle minuscole croci.

Io e Darla gli camminavamo a fianco, sceglievamo l'angolo giusto dove posizionare le casse. «Noi siamo tua madre, una madre con due teste e quattro braccia» gli dicevamo per farlo incazzare. Ogni volta che Darla si sfilava il cerchio dalla testa per farmelo provare, mi ripeteva che l'età non conta niente. «Per tenerlo in equilibrio devi solo fare avanti e indietro col bacino» mi spiegava. Lei sapeva come farselo girare intorno al collo, lo prendeva con un dito e poi se lo passava dietro. Jeff la fissava mentre finiva di fumare, io pensavo sempre che se non era amore era l'effetto delle medicine.

È morto una mattina di febbraio, l'abbiamo ritrovato con la testa contro una vetrina, la schiuma nella bocca e gli occhi ancora aperti. Gli abbiamo svuotato le tasche ed erano piene di fogli con sopra i nostri nomi preferiti. Anticonvulsivi e benzodiazepine soprattutto, gastroprotettori e composti ipnotici che avevamo imparato a tagliare con la punta dei coltelli e diluire nella Coca-Cola.

Quando me ne sono andata Darla non parlava con nessuno ormai da settimane, passava le giornate sul tetto con il pappagallo, lo teneva legato al polso destro e gli insegnava le nuove parole. «Lorazepam, Pregabalin, Zolpidem» gli ripeteva dalla mattina alla sera. Sembrava tranquilla, come se non fosse più preoccupata di niente, non le importava nemmeno che la nostra scorta stava per finire.

Mi è venuta incontro con lo sguardo storto di una risvegliata alla prima crisi d'astinenza, mi ha picchiata mentre mi accusava di essere una parassita. Le ho lasciato l'arazzo che mi aveva regalato Bhag. «Benvenuta all'inferno» le ho detto mentre glielo chiudevo tra le dita. «Whistle se ne va».

Le ho promesso che un giorno si sarebbe ricordata che eravamo state amiche.

Life spins around very fast and pulls our days into its empty center, ho scritto sopra il ritaglio di un uragano, ho disegnato una linea che gira intorno a un punto senza raggiungerlo mai – è stata la mia prima frase vera.

Ho finito il quaderno seguendo parole che arrivavano a galla in sequenze già intere, le pronunciavo l'una dopo l'altra facendo battere la lingua sul palato ed è stato così che ho imparato a parlare come sto facendo ora.

Ho scambiato il sonno con il freddo, la paura con il dolore. Continuavo a sfogliare le pagine e a passarci sopra le dita come se le rughe della colla avessero formato un codice Braille.

Se chiudo gli occhi vedo i tetti delle case scoperchiati dai cicloni, le feste rovinate dai suicidi, i corpi dei morti che da vivi cercavano di attraversare i confini. In pochi mesi sono andati a fuoco quintali di foreste, è stato immortalato il primo buco nero. Ho ancora in testa lo sciame di locuste che invade le strade di Sanaa, la sparatoria nella moschea di Al Noor: ogni evento forma un cerchio che si allarga, dentro ci sono mille miniature, ma niente è così denso da portarsi via per sempre l'incubo che ogni notte mi costringe a rivedere Cristian.

All'inizio mi guardava sempre gli occhi, mi diceva: «Lo sai, le pupille sono spazi vuoti». Io non ci avevo mai creduto. E invece è un concetto semplice, questa cosa che lasciamo entrare la luce nei buchi che diventano stretti se la luce è troppa. Dev'essere così che scorre il tempo, più veloce o più lento a seconda di quanto lasciamo aperte o chiuse le nostre fessure, di quanto ci avviciniamo o ci allontaniamo da noi stessi. Mi capita di ripensarci davanti ai semafori rossi, o subito prima di attraversare le strade di notte, mentre i fari delle macchine mi scorrono davanti come gli ultimi anni – come se la somma di tutte le deviazioni possibili conducesse a un luogo che comunque ti stava aspettando.

Il dolore è un mostro a sei teste, ti stringe la gola e ti spacca le ossa, si prende i tuoi giorni migliori e non te li restituisce indietro. Col passare dei mesi ho imparato a farmelo piacere, è l'unica cosa che riesce a farmi piangere, a volte penso: *è l'unica cosa che sono ancora in grado di sentire.*

Mentre dormo è diverso, mi separo da me lentamente e non so mai come tornare, sento tutto e rischio sempre di morire. Una fine può durare dieci anni, mi ripeto, una storia ha molteplici inizi, ma è solo di notte, mentre dormiamo, che siamo capaci di attraversare il terrore.

Ho trovato l'annuncio attaccato a un palo della luce mentre giravo a vuoto per il mercato in cerca di un pezzo di pane o forse di un destino nuovo di zecca. Da quando ho lasciato il magazzino dormo sui gradini di un ufficio, così quando mi viene fame supero le bancarelle di vestiti e gli arrotini, i polli senza testa appesi per le zampe, arrivo fino ai banchi delle spezie per chiedere se qualcuno può comprarmi un hot dog, perché anche se sono l'unica senza chador, al mercato passa sempre un sacco di gente. Mi alleno a inseguirne le ombre allungate dal sole del primo pomeriggio, non mi capita più di piangere per niente, ma ho imparato a fingere. A volte prendo la stampella e inizio a zoppicare, fumo una sigaretta che qualcuno ha lasciato a metà, ma è sempre quando mi siedo a terra e resto ferma che qualcuno si avvicina. Mi chiedono perché sono rimasta, perché non me ne sono andata, ogni volta invento una scusa diversa ma la verità è che non so più tornare da nessuna parte. La città mi trattiene come un precipizio. È difficile sopravvivere se non hai un branco con cui dividerti spazi e quartieri, entrare nelle rotazioni di un gruppo, spartirti il poco che c'è senza restarci sotto. In tre mesi mi sono crollate davanti almeno quindici persone, erano tutte più giovani di me, tutte alla ricerca disperata di una dose. Di solito cadono all'improvviso, dentro i parchi di giorno o in mezzo alla gente di notte. Hanno volti scavati dalle occhiaie e spesso gli mancano i denti, ma mentre dormono sono come tutti, dei bambini cresciuti troppo in fretta con le fronti più piccole dei loro pensieri.

Non avrei mai pensato di fare da cavia a uno studio sui sogni, invece mi ci sono abituata presto, è un pensiero che mi consola. Sedermi in questo cerchio, davanti ai vostri volti così stanchi, è la conferma che malgrado tutto sono diventata una persona.

Ho lasciato all'ingresso il mio unico vestito stamattina, mi hanno detto che ero troppo magra per la mia statura e saperlo mi ha fatto sentire più forte. Mi hanno dato questo pigiama e ho pensato che era tanto che non ne infilavo uno, per un attimo mi è sembrato assurdo che stanotte dormirò in un letto vero.

Ci ho messo sei giorni per arrivare fin qui, ho camminato lungo le banchine dei canali, mi sono addormentata sotto i ponti e lungo gli argini del fiume e ho camminato ancora finché non ho riconosciuto l'edificio così com'era disegnato sull'annuncio, con le stesse punte di ferro sul tetto e le finestre alte e larghe sulla facciata. Mi hanno detto che era un vecchio mulino e io ci ho creduto, sono entrata e mi hanno consegnato un documento da firmare.

C'era scritto che *Mesocosmo* è un programma antropologico che concilia la ricerca sulla psiche alle scoperte più recenti della neurobiologia, che dietro ogni incubo ricorrente c'è sempre una storia vera, che avrei dovuto raccontare la mia davanti a un gruppo di persone a loro volta tormentate dallo stesso innesto. Che questo sarebbe servito a riconnettermi al "nostro inconscio storico e sociale", che li avrebbe aiutati a rintracciare il legame sotteso tra quello che succede a ognuno e quello che riguarda il "nostro tempo".

Condividere la storia dietro al sogno è "il grado zero dell'esperimento", recitava il punto sette.

Ho dichiarato che mi sarei impegnata a farlo dall'inizio liberando il team da ogni responsabilità sugli effetti indesiderati della sperimentazione.

Mi hanno assicurato che finora non è mai successo niente, che nella maggior parte dei casi l'esperimento non ha fatto che facilitare quello che il punto nove definiva la "riabilitazione soggettiva universale". Mi hanno detto che l'esperimento saprà tenere insieme i nostri traumi con il "trauma collettivo", che nei prossimi mesi ci chiameremo "noi" e questa, insieme al compenso che ci spetta per aver partecipato, mi è sembrata una cosa buona.

Mi hanno spiegato che i sogni sono come i frullatori, che alla base c'è un procedimento che a volte s'inceppa e che è possibile disinnescare. Che ogni sera prima di dormire imparerò a rivolgermi alla mia ghiandola pineale, che non appena l'incubo tornerà mi forniranno delle istruzioni per uscirne. Che mi diranno di cercare un interruttore per accendere una luce che non si accenderà, che sarò capace di attraversare gli specchi e sarà la prova che ciò che sto vivendo non è vero.

Ho pensato che l'incubo è l'ultima cosa che mi lega ancora a Cristian, che non ho più niente da perdere, che a volte non ricordo più come mi chiamo ma che ho ancora bisogno di soldi per continuare a vivere.

Ogni tanto sento Carlo, mi racconta di Morgana che raccoglie le zucchine, di come mentre tutti dormono le promette che in estate arriveranno a Sarajevo col furgone. Della serra che mio padre ha trasformato in un giardino ornamentale e delle scuole che ogni settimana vanno a visitarlo, delle offerte che i ragazzi lasciano all'ingresso nel barattolo di vetro che useranno per pagarsi la benzina. So da lui che Cristian si è trasferito a Roma con la madre della bambina, che le hanno dato un altro nome come se fosse nata la seconda volta, sentirlo pronunciare ad alta voce mi provoca nel petto una fitta molto intensa.

A volte faccio come se le ferite non esistono, come se fossi nata ieri. Vedo Ombra qui davanti e la smetto di sperare che sia viva. Il ruscello in mezzo al bosco dove ci siamo fermati l'ultima notte che l'abbiamo cercata insieme non è un ruscello ma un torrente che discende la città, arriva fino al Tamigi deviando il suo corso molte volte. Ci sono tornata spesso negli ultimi due anni, sono rimasta a fissare l'acqua trasparente e bassissima che scorreva tra i cespugli di elleboro, si portava via le foglie dei platani insieme al velo delle loro proiezioni.

Pensavo di non credere a niente, invece ho scoperto che credevo alle cose sbagliate. Ho spaccato gli orologi a uno a uno con la punta delle pietre, ho guardato scomparire i rimasugli tra le alghe del fondale e ho capito che erano la mia superstizione.

I quaderni li ho imparati a memoria, ne ho tirato via le pagine e ci ho scritto sopra il mio numero di cellulare, le ho piegate in piccoli origami e le ho infilate nelle buche delle lettere che ho incontrato sulle porte delle case.

Penso spesso all'amore come a un incidente, mangio soprattutto zuccheri complessi, canto sempre sottovoce. Guardo il cielo con le mani sopra il cuore, come fanno i ciechi, mi ricordo sempre le parole. *Cum dederit dilectis suis somnum*, dice Inge. *Allahu Akbar, Ach-hadu Anna*, dice il muezzin per l'invito alla preghiera.

Certe volte ballo ancora, dentro i locali e nei club sottoterra, m'infiltro alla festa sbagliata con la scusa giusta, precipito nel buio delle scale. Mi lascio digerire dalle luci intermittenti, salto in alto e sbatto addosso agli altri e contro i muri, lascio andare via la testa tante volte quanto basta a non capire più dove mi trovo. Ho imparato a truccarmi dentro le cabine per le fototessere, a coprire la puzza di piscio con la naftalina. Ho passato vent'anni a chiedermi chi fossi di preciso, oggi so che non era la domanda giusta. Per essere me stessa so come sembrare un'altra, mi lavo a pezzi nei bagni delle piscine a ore.

Nel mio incubo il cantiere è diventato una palude. Le nostre mani sono sporche di sangue, Cristian è così vicino da sembrare vero. Ogni volta che mi sveglio sento un peso caldo sulla pancia, sono certa che sia Ombra ma sotto le mie dita non c'è niente. Mi serve tempo per riprendermi, un'ora almeno, a volte una settimana. Non riesco a liberarmi dalla sensazione di avere tra le gambe una placenta con dentro un animale che respira.

Di solito raggiungo la stazione, mi metto alla ricerca di un bagno, resto immobile davanti al lavandino. Mi ricordo di quando mia madre mi ha detto che sono nata insieme a una sorella morta, di mio padre che piangeva. Di tutte le volte che ho pensato che il caso avesse scelto male.

"La tua sorellina", la chiamavano, "la tua gemellina". Per tutta la mia infanzia ho temuto di vederla riaffiorare sui rettangoli di carta che pescavamo nel lavandino, lasciavamo a sgocciolare sulla vasca appesi a un filo. Mi ero convinta che le nostre foto a un certo punto fossero scomparse perché non accadeva, che venissero sfocate o tutte nere perché lei non c'era.

«Chiudi gli occhi, non la vedi ma è vicina» mi ripeteva mia madre, mi raccontava di com'eravamo incordate l'una all'altra prima di venire fuori. Tante volte ho immaginato quell'intreccio come la premessa che in un'altra dimensione ci teneva insieme. Ero io a prepararle il bicchiere del latte la sera prima di andare a dormire, lo trovavo sempre vuoto la mattina e così mi convincevo che ero stata la sorella fortunata. Nelle mie fantasie, mia sorella era il dolore che tornava a prendermi per portarmi via dal mondo, dimostrarmi che non meritavo di restare viva.

Fino al giorno in cui mio padre ci ha spiegato che si era trasformata nella stella della sera – «Lei ci guarda» ci diceva quando il sole tramontava. «Eccola lì» la indicava con un dito. Per anni mia madre ha tentato di fotografarne le sembianze puntando l'obiettivo verso il cielo. Sono cresciuta con la certezza di trovarmi dalla parte opposta di qualsiasi punto di attenzione.

Nello specchio mi guardo sempre da lontano, come attraverso una fessura stretta, come se il tempo potesse scorrere piano. La prima cosa che vedo è il mio volto come non avrei voluto che fosse, i miei occhi scavati e i denti che mi mancano. Poi i capelli che ho tagliato molto corti, le mie mani trascurate, i serpenti che mi hanno tatuato sulle braccia.

È solo quando penso di svenire che la sento, è una voce

che mi regge e mi governa, che ho imparato ad ascoltare anche se mi parla piano. «Piccolina» mi sussurra avvicinandosi da dietro. «Apri l'acqua calda e passati sul viso un velo di sapone, ti prometto che anche oggi ce la fai».

Sono stata la bambina allegra che si sveglia a mezzanotte in preda alla disperazione, la ragazza che parla di sé in terza persona. *La mia strada è abitare l'abisso*, mi ripeto, *non esiste nessuno che può farlo al mio posto.*

Mi chiedo se sarò ancora capace di innamorarmi, se avrò dei figli o morirò da sola. *Il futuro è un punto fisso*, mi prometto, *il passato se vogliamo può cambiare.*

Credo che l'unica strada che abbiamo non sia una linea retta e nemmeno una circonferenza. Che dietro i nostri occhi c'è un nastro che gira e non si ferma mai. Più il passato si restringe più il presente si allarga, più il buio si mangia le ore più i ricordi brillano.

Grazie a Eugenia Dubini, Violetta Bellocchio, Linda Fava, Simona Bernardini, Barbara Leda Kenny, in ordine sparso e ognuna per un motivo diverso. A Serena Daniele, Serena Cabibbo, Marianna Gennari, che in poco tempo hanno formato con me un cervello esteso e sensibile. A Jenny, Rebecca e Simone per non avermi lasciata sola a comprendere che la fine del mondo è un posto in cui si può vivere.

INDICE

LE PAGINE BIANCHE DI NN

Ludovica si trasferisce a Londra per seguire Cristian, e gradualmente il suo diventa un viaggio esistenziale.

Sola andata racconta un nuovo inizio: segui il filo dei tuoi pensieri e trova il prossimo libro per te.

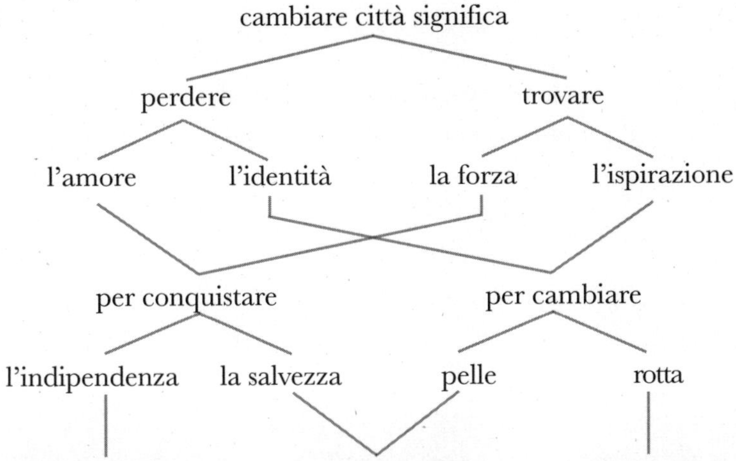

IL TUO LIBRO È

Questo libro è per chi ama l'odore dell'asfalto bagnato dalla pioggia, per chi si è tuffato nell'acqua di diamante del mare di Procida, per un primo bacio che suona come *Brown sugar* dei Rolling Stones, e per chi ha capito l'immensità blu di perdere tutto, in un solo momento, come lasciare un bagaglio su un treno in partenza.

IL TUO LIBRO È

Questo libro è per chi sogna un amore che renda magica la pioggia, per chi galleggiando in mare aperto perde peso ma trova consistenza, per chi non sa godersi il primo bicchiere di vino perché pensa già al secondo, e per chi cerca nel corpo dell'altro un luogo di preghiera, dove dimenticare la propria carne viva e dissolversi nella bellezza assoluta.

IL TUO LIBRO È

Questo libro è per chi coltiva lamponi in un orto d'estate, per chi ha viaggiato in tutta Europa tra le pagine di *Tutto quello che è un uomo*, per chi di fronte a un pianoforte chiuso si copre le orecchie per proteggersi dal silenzio, e per chi ha dipinto una cifra in più sul quadrante dell'orologio, per vivere in un'ora inventata dove non invecchiare mai.

FINITO DI STAMPARE NEL MESE DI MARZO 2022
PRESSO CONSORZIO ARTIGIANO LVG (AZZATE)

Printed in Italy